MONTANA EIS

KLEINSTADT-ROMANTIK-SERIE - BUCH 2

VANESSA VALE

Umschlaggestaltung: Bridger Media

Umschlaggrafik: Deposit Photos: Ivankmit; Period Images

HOLEN SIE SICH IHR KOSTENLOSES BUCH!

TRAGEN SIE SICH IN MEINE E-MAIL LISTE EIN, UM ALS ERSTES VON NEUERSCHEINUNGEN, KOSTENLOSEN BÜCHERN, SONDERPREISEN UND ANDEREN ZUGABEN ZU ERFAHREN. SIE ERHALTEN EIN KOSTENLOSES BUCH FÜR IHRE ANMELDUNG! TRAGEN SIE SICH IN MEINE E-MAIL LISTE EIN, UM ALS ERSTES VON NEUERSCHEINUNGEN, KOSTENLOSEN BÜCHERN, SONDERPREISEN UND ANDEREN ZUGABEN ZU ERFAHREN. SIE ERHALTEN EIN KOSTENLOSES BUCH FÜR IHRE ANMELDUNG!

kostenlosecowboyromantik.com

KAPITEL 1

*W*enn kleine Mädchen mit ihren Puppen spielten, taten die Meisten so, als wären sie die Mütter oder Prinzessinnen oder Lehrerinnen. Sie hielten Kaffeekränzchen mit ihnen ab, verkleideten sich. Das war zumindest das, was meine Schwester Violet mit ihren Puppen getan hatte. Ich? Ich hatte Klempnerin mit meiner gespielt. Ich hatte meine kleine Betsy in einen grauen Overall gekleidet, den ich von einer männlichen Pilotenactionfigur gestohlen hatte, die ich im Spielzeugladen entdeckt hatte. Die Figur hatte ich nackt in die Ecke meines Schranks gepfeffert, bis meine Schwester ihn fand und ihn als Bräutigam für ihre Fantasie-Hochzeiten nutzte.

Ich kleidete meine Puppe, die selbst pinkeln konnte, nicht nur in Männerkleidung, sondern verlegte auch einen Strohhalm an ihrem Hosenbein entlang, um das Fake-Pippi von ihrem anatomisch inkorrekten Körper abzuleiten. Sie brauchte kein Töpfchen. Ich war damals fünf gewesen und hatte bereits gewusst, was ich werden wollte, wenn ich einmal groß war. Ich, Veronica Miller, hatte Klempnerin werden wollen. Genau wie mein Vater.

Jetzt, über zwanzig Jahre später, hatte ich mir meinen Kindheitstraum erfüllt. Ich war die Klempnerin, die ich hatte sein wollen, und arbeitete mit meinem Dad zusammen. Schon bald würde ich allein arbeiten. Nur noch eine letzte Zahlung an meinen Vater standen zwischen seiner offiziellen Pensionierung und meinem neuen Status als Geschäftsinhaberin.

Ich lächelte mir bei dem Gedanken an dieses fast erreichte, gigantische Ereignis zu, während ich meine Haare in der Dusche einschäumte. Ich quiekte und wusch mir schnell das Erdbeer-Shampoo aus den Haaren, als der Wasserstrahl, unter dem ich stand, kalt wurde.

„Dämlicher Boiler", grummelte ich vor mich hin, während ich den Plastikduschvorhang zur Seite riss und hinaus in den Dampf gefüllten Raum trat. Ich sehnte mich danach, in mein eigenes Haus zurückzukehren, da das Rohrsystem meiner Schwester Violet dringend überholt werden sollte. Sogar in der dichten Feuchtigkeit breitete sich auf meinem gesamten Körper Gänsehaut aus, während ich mich schnell abtrocknete und in meinen abgetragenen, dennoch wunderbar bequemen Flanellbademantel kuschelte.

Als ich mich nach vorne beugte und meine nassen Haare mit einem knallpinken Handtuch abtrocknete, hörte ich etwas. Was war das für ein Geräusch? War das die

Eingangstür, die geöffnet wurde? Ich erstarrte mit dem Kopf nach unten, starrte zwischen den Säumen des Bademantels auf meine Knie hinab, während sich das Handtuch mit meinen langen Haaren verhedderte. Da ich Klempnerin war, keine Polizistin, fehlte es mir an dem nötigen Training, um meine Panik in Zaum zu halten. Innerhalb eines Herzschlags stieg diese heiße, durch Adrenalin erzeugte Angst in mir auf. Ich hätte schwören können, dass sich sogar die kleinen feuchten Haare in meinem Nacken aufgestellt hatten.

Hilfe. Ich musste Hilfe holen, aber mein Handy lag in meiner Handtasche, die ich neben der Eingangstür, ein Zimmer entfernt von mir, hatte fallen lassen. Und Violet hatte kein Festnetztelefon.

Ich erhob mich, warf meine dunklen Haare über meine Schulter, hielt die Luft an und lauschte. Klappern und leises Murmeln war alles, was ich hören konnte. Wer war in Violets Haus? Derjenige hatte mit Sicherheit einen Schlüssel, da ich nicht gehört hatte, dass ein Fenster zerbrochen worden war, aber die einzige andere Person, die einen Schlüssel haben *sollte*, war Violet und sie war in Utah.

Auf Zehenspitzen lief ich zur Tür, biss auf meine Lippe und verzog angestrengt das Gesicht, als ich den Türknauf drehte und hoffte, er würde nicht quietschen. Langsam öffnete ich mit angehaltenem Atem die Tür. Als ich in das Schlafzimmer spähte, sah ich nichts Außergewöhnliches. Ein kaum gemachtes Bett, schmutzige Kleider, die achtlos in den Wäschekorb geworfen worden waren. Etwas Schweres trampelte über den Boden in der Nähe der Eingangstür und ich sah in diese Richtung, als hätte ich einen Röntgenblick und könnte durch die Wand die Person im Wohnzimmer sehen.

Ich quetschte mich durch die kleine Lücke, die ich zwischen Badtür und Türrahmen geschaffen hatte, da ich Angst hatte, dass mich die alten Scharniere verraten würden, wenn ich sie weiter öffnete. Ich atmete so ruhig wie möglich, was im Panikmodus ziemlich schwierig war, bückte mich und schnappte mir das Erste, das ich in die Finger bekam, um es als Waffe zu nutzen. Was ich in der Hand hielt, bemerkte ich gar nicht. Ich wusste, es war stabiles Holz gleich einem Baseballschläger und das Beste, was ich zum Schutz finden würde.

Violets Haus war klein, hatte nur ein Stockwerk und einen gruseligen Keller, den ich selten aufsuchte. Wohnzimmer, Küche, Schlafzimmer und Bad. Das war's. Das bedeutete auch, dass ich mich nirgends verstecken konnte.

Dafür, dass er einfach in fremdes Eigentum einbrach, benahm sich der Kerl nicht gerade wie Mr. Unauffällig. Es war mitten am Nachmittag. Er war durch die Eingangstür hereingekommen und schrecklich laut für jemanden, der an einem Ort eindrang, wo er nicht sein sollte. Auch wenn er der schlechteste Einbrecher aller Zeiten war, bedeutete das nicht, dass er nicht gefährlich war.

Meine Handflächen waren schweißnass, als ich um den Türpfosten ins Wohnzimmer spähte. Sein Rücken war mir zugewandt und er wirkte, als würde er auf etwas vor sich hinabsehen, wahrscheinlich sein Handy. Es hatte den Anschein, als würde er eine Nachricht schreiben oder lesen. Groß, um die eins achtzig, vielleicht ein wenig größer, und kompakt. Er trug Jeans und dunkle Lederschuhe. Seine schwarze Jacke war leichter als man es hier mitten im Winter in Montana, das die Eiseskälte in festem Griff hatte, erwarten würde. Eine graue Strickmütze verdeckte den Großteil seiner dunklen Haare.

Ich erkannte ihn nicht, aber war auch nicht in der Stimmung darauf zu warten, dass er sich umdrehte und mich sah. Ich beschloss, das Überraschungsmoment auszunutzen. Ich schlich auf Zehenspitzen zu ihm und ließ meine hölzerne Waffe auf ihn niedersausen. Fest.

Rumms!

Ich hatte auf seinen Kopf gezielt, aber

Nervosität und meine rutschigen Hände hatten das versaut und stattdessen traf ich seine Schulter. Der Schlag vibrierte bis in meine Fingerspitzen und brachte sie zum Kribbeln.

„Was zum Henker?", sagte Mr. Einbrecher mit tiefer, überraschter Stimme und das Handy fiel auf den Boden vor seinen Füßen. Er hob eine Hand zu seinem Oberarm. Als er anfing, sich zu mir zu drehen, schlug ich ihn wieder, diesmal auf seinen Hinterkopf.

Krach!

Das war nicht das Geräusch seines Schädels, der zerbrach, sondern das meiner Waffe. Das Holz zerbrach in zwei Hälften, ein Stück landete klappernd auf dem Boden.

Der Einbrecher grunzte, fiel mit einem Plumps auf seine Knie und dann mit dem gesamten Körper auf den Blümchenteppich vor dem Kamin, das Gesicht mir zugewandt.

Ich stand reglos da, verblüfft, die Hälfte meiner zerbrochenen Waffe noch in den Händen. Ha, das Softballtraining hatte sich doch bezahlt gemacht. Anscheinend hatte ich einen Home Run geschlagen. Ich sah hinab auf die zusammengesunkene Gestalt am Boden. Ein Bein bewegte sich leicht, was, zusammen mit dem Stöhnen, darauf hinwies, dass ich ihn nicht umgebracht hatte. Obwohl er seine Augen geschlossen hatte, erkannte ich ihn sofort.

„Oh, Scheiße", flüsterte ich, während ich mich neben ihn kniete. Der dicke Wollteppich kratzte an meinem Knie. Warum hatte ich nicht gewusst, wer er war, bevor ich ihn bewusstlos geschlagen hatte? Ich hätte erleichtert sein sollen, dass kein axtschwingender Verrückter versuchte mich zu töten, aber dafür war ich zu überrascht.

Das war Jack Reid. Der Kerl, in den ich in der Highschool verliebt gewesen war und den ich seit über zehn Jahren nicht gesehen hatte. Zehn Jahre, in denen ich oft über ihn fantasiert hatte, darüber, was hätte sein können. Ich hatte oft von dem Moment geträumt, in dem er in mein Leben zurückkehren würde, aber das war definitiv keine meiner Traumvorstellungen. Sicher, als er in meinem Abschlussjahr mit Violet anstatt mit mir ausgegangen war, hatte ich ihn deswegen langsam und schmerzhaft töten wollen, aber ich hatte mir eher vorgestellt, ihn zu erwürgen oder mit bloßen Fäusten auf ihn einzuschlagen. Jetzt, da ich ihn möglicherweise getötet hatte, ihn zumindest bewusstlos geschlagen hatte mit – ich hob meine zerbrochene Waffe hoch – dem Paddle aus der Schachtel Sexspielzeuge für die Sexspielzeugparty, die ich heute Abend veranstalten würde – wurde mir bewusst, dass die Wut und Bitterkeit über seine Abweisung vor all diesen Jahren nicht verschwunden war.

Wie konnte er es wagen, wieder in mein Leben zu platzen, unangekündigt, wenn ich doch kein bisschen bereit für ihn war! Ich wollte geschminkt sein, ein umwerfendes Kleid und Fick-mich-Schuhe tragen, meine Haare frisiert haben, am Arm eines heißen Kerls, der in mich verliebt war, gehen, wenn mich Jack wiedersah. Damit er erkannte, was ihm entgangen war. Dann würde ich ihn unter dem Absatz meines Stilettos zerquetschen, bevor mein Liebhaber meine Aufmerksamkeit auf andere Dinge richtete.

Aber ein abgewetzter Bademantel und verknotete, nasse Haare? Ein Sexspielzeug-Paddle? Rache und etwas Genugtuung wären nett, aber eine Verurteilung wegen eines tätlichen Angriffs? Ojemine.

Nachdem ich das Paddle auf den Boden fallen gelassen hatte, beugte ich mich über Jack und stupste sanft gegen seinen Hinterkopf. Keine Gehirnmasse trat aus, kein Blut quoll unter seiner Mütze hervor. Allerdings war dort eine riesige gänseeigroße Beule. Ich verzog das Gesicht, weil ich mir die Kopfschmerzen – und vielleicht Gehirnerschütterung – vorstellte, die er wahrscheinlich hatte.

Mann, er roch gut. Nach Wald, sauberem Mann vermischt mit dem fruchtigen Duft des Shampoos in meinen Haaren, die wirr um mein Gesicht hingen. Sein Duft war auf unaufdringliche Art und Weise sexy.

„Jack, Jack wach auf", sagte ich und

rüttelte sacht an seiner Schulter. „Jack!" Er musste aufwachen, denn ich könnte einfach nicht damit leben, in der Stadt als die Frau bekannt zu sein, die Jack Reid mit einem Paddle getötet hatte.

Nach einem weiteren Stöhnen und einigem Ächzen rollte er sich auf den Rücken, blinzelte ein paarmal und starrte mich an. Zuerst wie blind, dann fokussiert.

Junge, sogar fast bewusstlos sah er umwerfend aus. Die zehn Jahre hatten dem Mann viel Gutes getan. Sein Gesicht war kantiger, sein Kiefer markanter. Vielleicht half auch der leichte Bartschatten dabei. Er hatte eine fabelhafte Bräune. Die Art Bräune, die man bekommt, wenn man in Florida lebt. Seine Lippen, von denen ich mit sechzehn geträumt hatte, wie ich sie küsste, sahen immer noch verlockend aus. Seine dunklen Haare, die unter der Mütze hervorlugten, hatten kleine Locken. Seine blauen Augen sahen, selbst in diesem verschwommenen Zustand, genauso aus wie in meiner Erinnerung. Eine Sehnsucht, die ich vergessen hatte, erwachte wieder zum Leben.

Er starrte mich einfach nur an, musterte mich, als wäre ich ein Alien. Eine langsame eingehende Betrachtung von Kopf bis Fuß. Ich konnte nicht erkennen, ob er nur verwirrt war oder er schlimmere Schäden davongetragen hatte. „Jack, sag etwas."

Er blinzelte. Grinste, aber zuckte gleich darauf zusammen.

„Ähm."

Oh Gott, hatte ich eine Amnesie bei ihm verursacht?

Er räusperte sich. „Hübscher Busen."

Ich sah an mir selbst hinab. Eine entblößte Brust hing definitiv heraus, sodass Jack sie sehen konnte, mein Nippel war hart. Ich riss an der Seite meines Bademantels, die offenstand, und meine Hand hielt die Flügel am Hals zusammen.

„Behandelst du so all deine Freunde?" Seine blauen Augen waren klarer geworden und nicht mehr ganz so vernebelt wie noch vor einer Minute. „Ein Kuss zur Begrüßung wäre wahrscheinlich besser. Aber vielleicht ist das einfach nicht deine Art." Sein Blick fiel wieder auf meine Brust.

Mein Mund klappte auf, während die Wut in mir hochkochte. „Du bist nicht mein Freund. Du hast diese Chance vor zehn Jahren vertan", sagte ich bitter.

Jack grinste anzüglich. Das Lächeln, mit dem er mich bedachte, konnte als nichts anderes beschrieben werden. „Begrüßt du jeden, der zur Tür reinkommt, mit deinem nackten Busen oder nur mich?" Er hob eine Hand und rieb sich den Hinterkopf, zuckte zusammen.

Ich spürte, dass meine Wangen bei dem Gedanken an mein episches Kleiderversagen heiß brannten. Es war absolut und hochgradig peinlich und dazu kam noch, dass er sich diesbezüglich wie ein richtiger Arsch verhielt. „Nur diejenigen, denen ich vorher den Schädel einschlage."

KAPITEL 2

Zwanzig Minuten später fuhr ich mit meinem Van und Jack auf dem Beifahrersitz auf den Parkplatz der Notaufnahme. Es handelte sich um den Geschäftswagen voller Werkzeuge und Rohre. „Pete's Klempnerei" stand in großer schwarzer Kursivschrift auf der Wagenseite. Ich hatte mir Kleider übergeworfen – Jeans, Rollkragenshirt und einen Pullover, dicken Wintermantel, Stiefel und Handschuhe. Meine nassen Haare hatte ich unter eine dicke Wollmütze gestopft, damit sie nicht gefroren.

Wir hatten seit dem Busenblitzer nicht viel gesprochen. Ich schwieg, weil ich zu wütend war, um irgendetwas zu sagen. Ich wollte ihm am liebsten nochmal eins über den Schädel ziehen, weil er sich so widerlich verhielt. Es war mir auch peinlich, dass meine Kleidung mitten in meinem Angriff so versagt hatte, aber den Einbrecher in Schach zu halten, war meine oberste Priorität gewesen. Ich hatte viele, viele Male darüber nachgedacht, mich vor Jack nackt auszuziehen, aber dieser Busenblitzer war nicht das gewesen, was ich im Sinn gehabt hatte. Jetzt war ich züchtig von Kopf bis Fuß bekleidet. Nur die untere Hälfte meines Gesichtes zeigte Haut.

Es war auch viel zu kalt, um mehr Haut zu zeigen. Es war Januar, es war Montana und es war eiskalt. Ich war an monatelangen Schnee gewöhnt. Ich hatte die richtigen Kleider, um das zu beweisen. Ich wusste, in Bezug auf den Winter keine Dummheiten zu machen und war dementsprechend warm eingepackt. Jack andererseits sah aus, als wäre er gerade erst von Florida hierhergekommen. Was er höchstwahrscheinlich auch getan hatte. Seine Schuhe konnten nicht einmal einen Zentimeter Schnee abwehren, seine Jacke würde man in Bozeman im Mai tragen, nicht bei Temperaturen, die unter null Grad Fahrenheit lagen. Die Mütze auf seinem Kopf war das einzige Passende, das er trug. Er hatte sie wahrscheinlich gekauft, als er in die Stadt gekommen war. So eine Mütze wurde in Miami nicht einmal verkauft.

Jack redete auch nicht. Er presste sein Kiefer so fest zusammen, dass seine Zähne noch zu Diamanten werden würden, während er aus der Windschutzscheibe starrte. Einen Arm hatte er vor der Brust verschränkt, seine Hand steckte unter seiner Achsel. Der andere Arm hielt eine Packung gefrorener Erbsen an seinen Hinterkopf. Er sah wütend aus – und als würde er frieren. Er schwieg und war eingeschnappt, weil ich ihn bewusstlos geschlagen hatte.

Ich seufzte, als ich in eine Parklücke fuhr

und den Motor ausschaltete. „Okay. Ich werde das Anständige tun und als erste reden."

„Das Anständige?", fragte er. Seine Stimme war tiefer als in meiner Erinnerung, aber der Jack Reid meiner Erinnerung war ja auch ein schlaksiger Teenager.

Ich holte tief Luft. „Ich habe dich seit über zehn Jahren nicht gesehen und das Erste, das du zu mir sagst, ist 'hübscher Busen'. Also, ja, das Anständige." Es lag eine leichte Schärfe in meiner Stimme.

Er richtete seinen Blick auf mich, wobei seine Augen kurz zu meinen 'hübschen Busen' fielen. Mein Herz spielte verrückt. Sogar wütend, unter Schmerzen und frierend war er so…Jack. In der Highschool hatte ich Nacht um Nacht über ihn nachgedacht und den einen – und einzigen – Kuss, den wir miteinander geteilt hatten, in meinen Gedanken Revue passieren lassen. Ich musste zugeben, die jüngere Version meiner Selbst hatte einen außergewöhnlich guten Geschmack gehabt.

Ich war einigermaßen attraktiv.

Zumindest hatten das die Kerle, mit denen ich bisher in meinem Leben ausgegangen war, gedacht. Ich hatte schnurgerade schwarze Haare, die über meine Schultern fielen, braune Augen. Ich war weder klein noch groß. Mit eins fünfundsechzig lag ich genau in der Mitte. Mein Gewicht passte verhältnismäßig zu meiner Größe – die Worte meines Arztes. Jack schien zu denken, meine Brüste wären einen zweiten Blick wert, sogar bei all den Kleiderschichten, die darüber lagen. Ich musste irgendwie attraktiv für ihn sein, da ich wie meine Schwester aussah – meine eineiige Zwillingsschwester – mit der er geschlafen hatte. Es musste eine Anziehung geben. Andererseits, wenn wir jemals im Bett landen würden, könnte das für ihn tatsächlich ein antiklimatisches Erlebnis sein. Kein erfreulicher Gedanke. Niemand wollte, dass das erste Mal mit einem Mann ein 'das hatte ich schon mal'-Erlebnis war, auch wenn er es nicht *wirklich* gehabt hatte. Nicht mit mir.

„Das Anständige?", wiederholte er. „Du hast mich wie eine Geisteskranke auf den Kopf geschlagen." Seine Stimme klingt, als wäre er genauso wütend wie ich.

Ich holte nochmal tief Luft und begann, bis zehn zu zählen. Ich schaffte es bis sechs. „Was ich nicht getan hätte, wenn du nicht einfach in Violets Haus marschiert wärst. Erklär mir mal, warum du dort warst und woher du den Schlüssel hattest."

„Mein Onkel renoviert seine Küche, wovon er mir bereits seit Wochen berichtet. Gestern hat er angerufen und mir erzählt, dass er krank sei", erklärte Jack mit verbitterter Stimme. „Er bräuchte meine Hilfe, um das Projekt beenden zu können. Sagte, er sei zu schwach, um es zu überwachen. Ich bin heute Morgen von Miami hierhergeflogen, hab ein Taxi vom Flughafen genommen und als ich zu seinem Haus kam, hing dort eine Notiz, dass er für den Winter in Arizona ist. Darüber hinaus sind Strom und Wasser ausgeschaltet, weil die hintere Hälfte des Hauses demontiert worden ist."

Wow. Jacks Onkel musste ihn aus irgendeinem Grund wirklich in Bozeman zurückhaben wollen. So zu lügen, war ein dickes Ding. Ich wäre auch wütend.

„Er hat eine Adresse dagelassen, wo ich unterkommen kann, bis dieser Teil der Renovierungsarbeiten abgeschlossen ist. So bin ich in deiner Bude gelandet. Nachdem ich zehn Blocks gelaufen bin", er knurrt und verrückt die gefrorenen Erbsen, „und er hatte gesagt, der Schlüssel würde unter dem Fußabstreifer liegen."

Nach seiner kurzen Zusammenfassung der jüngsten Ereignisse gab es eine Menge, über die ich nachdenken musste. Erstens hatte er sich Sorgen um seinen Onkel gemacht. So große Sorgen, dass er zurückgekommen war, über zweitausend Meilen, nach zehn Jahren. Das sagte etwas aus, da er seit dem Schulabschluss nicht einmal in die Stadt zurückgekehrt war.

Zweitens war ich diejenige, die ihn davon

abhielt, im Haus seines Onkels zu wohnen. Da ich die Klempnerin war, die sein Onkel für den Job engagiert hatte, hatte ich Jack von dem fließenden Wasser abgeschnitten. Wenn er davon erfuhr, würde er wahrscheinlich einen Schlaganfall erleiden. Daran zweifelte ich nicht. Das würde ich ihm jetzt auf keinen Fall erzählen. Ein medizinisches Problem nach dem anderen.

Mein dritter Gedanke war, dass Violet ihren Ersatzschlüssel an einer anderen Stelle verstecken musste.

Und der letzte, nun, mein letzter Gedanke brauchte erst noch Bestätigung.

Da der Motor ausgeschaltet war, war auch die Wärme aus dem Van verschwunden und mein Atem schwebte als weißes Wölkchen vor mir. Ich drehte mich auf meinem Sitz, lehnte einen Arm gegen das Lenkrad und fragte: „Du weißt nicht, wer ich bin, oder?"

Er wandte mir seinen Kopf zu und sah mir in die Augen. „Violet. Veronica." Er schloss seine Augen für eine Sekunde und schüttelte langsam den Kopf. „Ich konnte euch nie unterscheiden."

Genau. Er konnte meinen eineiigen Zwilling und mich nie auseinanderhalten. Jack und ich hatten in unserem Abschlussjahr Zeit miteinander verbracht. Jede Menge Zeit. Dann hatte er den Mut aufgebracht, mich um ein richtiges Date zu bitten, nicht nur Reden in den Gängen oder Partnerarbeit im Biounterricht.

Wie sich herausstellte, hatte er nicht mich daten wollen. Er hatte Violet gewollt. Damals hatte ich ihm natürlich den Kopf zurechtgerückt. Hatte ihn direkt in Violets Arme getrieben, mit der er beim ersten Date geschlafen hatte. Nicht, dass ich verbittert war oder so. Nöö.

„Nun, ich werde es dir nicht verraten", grummelte ich und klang dabei wie eine Siebtklässlerin. So viel zum Thema sich anständig verhalten.

Auf keinen Fall würde ich es ihm leicht machen. Er konnte allein rausfinden, welche Schwester ich war. Aber ich fühlte mich ein bisschen schlecht, dass ich ihn K.O. geschlagen hatte. Nur ein winzig kleines bisschen. Genug, um das Häufchen Elend zur Notaufnahme zu schleifen. „Lass uns gehen, bevor wir zu Tode erfrieren."

Jack reichte mir die Tüte Erbsen. „Ich bin bereits erfroren." Er hob ein Stück Plastikrohr vom Boden hoch. „Vielleicht wurde mein Gehirn doch etwas zu hart getroffen, denn ich könnte schwören, wir befinden uns in einem Klempner-Van." Er ließ das Stück mit einem Klong fallen. „Auf keinen Fall kommst du mit mir, wer auch immer du bist. Ich werde erklären müssen, warum meine Körpertemperatur an Unterkühlung grenzt. Ich werde auch erklären müssen, dass ich nicht weiß, wer mir das angetan hat und ich werde ein CT über mich ergehen lassen müssen. Die werden mir nie glauben, dass es zwei von euch gibt. Und wenn das noch nicht genug ist, muss ich dem Arzt noch erzählen, dass ich damit K.O. geschlagen wurde." Er hob die Stücke des Paddles hoch, das er mitgenommen hatte. „Was zur Hölle bist du, eine Domina oder so?"

Ich sah ihn bitterböse an und riss ihm die Stücke aus der Hand. „Ja, oder so."

Er öffnete den Gurt und die Tür. Anschließend sah er zu mir zurück und zwinkerte. „Kinky. Das gefällt mir."

Angewidert klappte mir der Mund auf. „Du bist so ein – "

„Also, abholen? Ich schätze, du kommst später vorbei und holst mich ab?"

Ich biss auf meine Lippe, hielt zurück, was ich ihm wirklich an den Kopf werfen wollte, zählte bis zehn. „Ich muss zum Goldilocks und dann werde ich – "

„Goldilocks?" Er lächelte breit. „Wie ich sagte, kinky."

Wenn Rauch aus meinen Ohren kommen könnte, wäre es hier und jetzt passiert. Ich umklammerte das Lenkrad, um mich davon abzuhalten, ihn wegen seinem Kommentar nochmal zu schlagen. Nur weil ich halbtags in einem Erotikladen arbeitete, bedeutete das nicht, dass ich auf solche... Dinge stand.

„Egal, vergiss es. Du musst nicht herkommen. Wer weiß, wie lange ich bei so einer Verletzung dortbleiben muss." Seine Worte troffen vor Sarkasmus. „Ich habe den Schlüssel, damit ich später ins Haus komme. Danke fürs Herbringen", fügte er hinzu, dann schlug er die Tür zu und stolzierte durch die automatischen Türen der Notaufnahme.

KAPITEL 3

Zehn Minuten später lief ich mit dem zerbrochenen Paddle in der Hand ins Goldilocks. Ich zog die Tür hinter mir zu und schloss die eisige Luft aus. Ich stampfte mit den Stiefeln auf dem Fußabstreifer, nicht unbedingt, um den Schnee zu entfernen, sondern um meinem Ärger Luft zu machen.

„Du wirst nie erraten, wer zurück in der Stadt ist!", rief Goldie mir von hinter der Theke zu. Goldie war meine siebzigjährige Chefin, die Besitzerin des Goldilocks, dem einzigen Erotikladen in Bozeman Montana.

Sie hatte den Laden in den Siebzigern eröffnet und versorgte seitdem die Stadt mit erotischen Spielzeugen, Reizwäsche und Pornos. Ich hatte im College angefangen halbtags für sie zu arbeiten und hatte nie aufgehört.

„Jack Reid", antwortete ich verärgert, während ich zur Theke lief und die Paddle-Stücke neben die Kasse legte. Ich zog meine Handschuhe und Mütze aus.

„Wie hast du das rausgefunden?" Goldie musterte mich eindeutig überrascht über den Rand ihrer mit Swarovski-Steinen besetzten Lesebrille. Sie war wie ein Lieblingssnack, salzig und süß. Sie reizte einen oft – wie Salz in einer Wunde – mit ihren unnötigen Einmischungen, aber hatte gute Absichten und war so süß, dass man ihr automatisch vergab. Wieder und wieder. Es war schwer, sie nicht zu erwürgen und gleichzeitig zu küssen.

Heute Nachmittag wirkten ihre fast blonden, aber hauptsächlich grauen Haare um mindestens einen Zentimeter verlängert und wurden von einem lavendelfarbenen Haarband an Ort und Stelle gehalten. Ich musste sie angestarrt haben, denn sie sagte: „Gefällt es dir? Ich hab es mit der Post bekommen. Es ist einer von diesen Bumpits oder Bumpers oder so etwas. Das ist so ein kleines Plastikteil, das man unter die Haare steckt und voila! Sofortiges Puff." Sie tätschelte ihre Haare, als ob sie sich vergewissern wollte, dass dem Puff nicht die Luft ausgegangen war.

„Sofortiges irgendwas, alles klar", erwiderte ich. Puff kam einem definitiv in den Sinn. Passend zu dem Haarband trug sie einen lila Angorapullover mit V-Ausschnitt, fluffig und weich wie ein Babyhase. Ich konnte ihre untere Hälfte hinter der Theke nicht sehen, aber ich stellte mir schwarze Hosen und Stiefel vor. Goldie hielt nichts von subtil, wenn sie auch die ganze Aufmerksamkeit auf sich lenken konnte.

Ich sah gerne hübsch aus, schminkte mich jeden Tag und machte all das übliche Mädchenzeug, zumindest, wenn ich nicht arbeitete. Aber Goldie gewann die Goldmedaille in der Sich-Schick-Machen-Kategorie.

Es war ruhig für einen Samstagnachmittag. Im Moment waren keine Kunden da. Goldie packte eine Lieferung Videos aus und ordnete sie nach alphabetischer Reihenfolge, um sie anschließend in das Ausleih-Regal einzusortieren. Nach der Auswahl zu schließen, handelte es sich um Frau-mit-Frau-Action. „Lenk mich nicht mit meiner neuen Frisur ab, junge Dame", sagte sie, wobei ihre Stimme sehr autoritär klang. „Jack Reid. Erkläre."

Ganz gleich, wie wütend ich auf den Idioten war, ich genoss diesen Moment. Goldie liebte gute Geschichten und diese war allererste Sahne. Das Ganze Goldie zu erzählen, würde eine viel bessere Erfahrung sein, als sie Jack haben würde, wenn er dem Team in der Notaufnahme die gleichen Informationen geben musste. Ich lächelte verschmitzt bei dem Gedanken.

„Jack Reid ist einfach unangekündigt in Violets Haus marschiert. Ich war gerade erst aus der Dusche getreten und dachte, er sei ein Einbrecher. Ich habe ihn damit", ich hob ein Teil des zerbrochenen Paddle hoch – „K.O. geschlagen und musste ihn dann zur Notaufnahme bringen."

Goldie starrte mich für eine Minute an, wahrscheinlich wog sie ab, ob ich es ernst meinte oder nicht. Dann begann sie zu lachen, wodurch ihre großen Ohrringe hin und her schwangen. „Das erklärt, warum deine Haare aussehen, als wären sie in eine Heupresse geraten."

Ich griff nach meinem Kopf und verdrehte die Augen. Ich hatte meine Haare noch in feuchtem Zustand und ungekämmt unter die Wintermütze gestopft und diese aufgesetzt. „Wenn du nackt gewesen und einen Kerl hättest bewusstlos schlagen müssen, hättest du auch nicht über deine Haare nachgedacht."

„Wenn ich nackt wäre, ein Paddle wie dieses hätte", sie deutete auf das zerbrochene auf der Theke, „und einen Mann am Boden, der so attraktiv ist wie Jack Reid, dann hätte ich gewollt, dass er bei Bewusstsein ist."

Ich hob meine Augenbrauen. Schockiert. Ein bisschen verwirrt. „Jack war seit über zehn Jahren nicht mehr in der Stadt. Woher weißt du, dass er attraktiv ist?"

Jetzt musterte sie mich. „Sein Onkel macht Fotos, wenn sie sich in Florida treffen. Ich muss zugeben, er ist ein gutaussehender Mann", fügte sie wehmütig hinzu.

Ich war mir nicht sicher, ob sie sich auf Jack oder seinen Onkel bezog. Bei Goldie könnte es jeder von beiden sein. Sie war seit über vierzig Jahren verheiratet, weshalb ich mir keine Sorgen machte, dass sie ihren Ehemann Paul betrog. Ich hatte noch nie ein Paar erlebt, dass sich so verbunden war wie die beiden. Aber sie war auf jeden Fall jemand, der gerne schaute. Sehr oft.

Ich wäre blind oder lesbisch, wenn ich nicht denken würde, dass Jack ein gutaussehender Mann wäre, wie es Goldie gesagt hatte. Bilder von Jacks Po in hautengen Jeans, als er aus dem Van stieg, kamen mir in den Kopf, aber ich schüttelte diesen, um die sehr reizvollen Gedanken zu verscheuchen. Sein Hinterteil mochte zwar extrem knackig sein, aber dass er so ein Vollidiot war, ruinierte das.

„Ich bin nur hergekommen, um Ersatz für das hier zu holen." Ich deutete auf das Paddle. „Mikes Party ist heute Abend und ich hatte gedacht, dass hier könnte ein Treffer sein." Ich schüttelte den Kopf und lachte halbherzig. „Der Witz war nicht beabsichtigt. Gott, der war richtig schlecht."

„Mmh, so wie ich Mike kenne, denke ich, dass du recht hast", erwiderte sie, während sie mit ihren manikürten Fingernägeln auf der gläsernen Thekenoberfläche klackerte.

Goldie wusste Dinge über Leute, die sonst niemand wusste. Wie beispielsweise, welche Art von Sexspielzeugen sie bevorzugten, welche Pornos sie ausliehen, ungewöhnliche Sexvorlieben. Sie hatte eine Kunden/Erotikladenbesitzerin-Verschwiegenheits-Vereinbarung. Ich fragte sie nicht, was sie mit ihrer Aussage über Mike meinte, denn eigentlich wollte ich es gar nicht so genau wissen. Manchmal war es besser, nicht alles über die eigenen Freunde und Nachbarn zu wissen, vor allem in einer Kleinstadt.

Mike Ostranski war seit der Mittelschule ein Freund von mir, als wir beide eine Lebensmittelvergiftung gehabt hatten, nachdem wir den Kartoffelsalat gegessen hatten, den er zur Schuljahresende-Party an den Bozeman Ponds mitgebracht hatte. Der Salat hatte stundenlang in der Sonne gestanden. Wir hatten uns beide auf der Busfahrt nach Hause übergeben. Ich hatte allerdings das Pech, dem Naturwissenschaftslehrer Mr. Kramer, der unschuldig eine Reihe vor uns saß, in den Nacken zu kotzen. Seitdem waren wir Freunde. Mike und ich, nicht Mr. Kramer.

Heute fand der monatliche Pokerabend der Jungs statt, aber Mike hatte beschlossen, dass er in seiner Rolle als Gastgeber etwas anderes tun wollte. Er hatte beim letzten

Mal wahrscheinlich zu viel Geld verloren und wollte diese Schmach zwei Monate hintereinander vermeiden. Goldilocks bot Sexspielzeug-Partys bei den Leuten zu Hause an, vergleichbar mit einer Tupperwaren-Party, aber mit einer interessanteren Auswahl. Bis jetzt hatte ich sie allerdings nur für Frauen abgehalten. Das würde die erste männliche Version sein und da ich eine alte Freundin war, hatte Mike spezifisch nach mir als Veranstalterin gefragt. Es war sein Haus, sein Bier und seine Freunde, aber ich würde die Spielzeuge mitbringen, die kleinen Geschenke und das Wissen, was Frauen wollen.

In der BDSM Abteilung fand ich ein anderes Paddle. Dieses hatte Kunstfell auf einer Seite, Leder auf der anderen. „Das sollte den Zweck erfüllen." Ich legte es auf die Theke neben das zerbrochene.

„Oh, ich habe vergessen, dir zu sagen", Goldie kehrte von ihrem Videosortieren zurück, „dass heute irgendeine Frau hier vorbeigeschaut und nach dir gefragt hat. Hab sie noch nie zuvor gesehen."

Ich sah durch das Glas hinab in die Auslage auf die neuen Dildos, die Goldie früher am Tag erhalten haben musste. Es waren durchsichtige Glasdildos, in denen verschiedene Farben wirbelten. Sehr künstlerisch. „Oh. Hat sie ihren Namen dagelassen oder gesagt, was sie wollte?"

Goldie schüttelte den Kopf. „Nein. Sie hat sich auch nicht lange hier aufgehalten. Klein, Mitte Vierzig, blond. Einen riesigen Diamantklunker an einer Hand, die andere in einen Verband oder Gips oder so etwas gewickelt. Die war ein wenig merkwürdig."

Bei der Beschreibung klingelte nichts bei mir. Die meisten Leute waren auf ihre eigene Art und Weise merkwürdig, weshalb das die möglichen Kandidaten nicht unbedingt eingrenzte. Ich zuckte mit den Schultern und zog wieder meine warmen Handschuhe an. „Lass mich wissen, falls sie zurückkommt."

Goldie drehte sich um und begann, die neuen DVDs bei A in die Ausleihregale einzusortieren. Es ist unnötig zu erwähnen, dass es eine recht große Auswahl mit dem Wort Arsch im Titel gab. „Was ist mit Jack? Fährst du zur Notaufnahme und holst ihn ab?"

„Er meinte, er müsste nicht abgeholt werden." Ich schnaubte. Der Mann konnte wegen mir auch zu Fuß zurücklaufen und sich dabei in einen Eiszapfen verwandeln. „Goldie, er wusste nicht einmal, wer ich bin."

Goldie sah über ihre Schulter zu mir, die Stirn in Falten gelegt. „Was meinst du? Denkt er, du bist Violet?"

Ich sah zu Boden und spielte mit meinem Winterstiefel an dem schrecklichen goldschwarzen Teppich herum. „Er kann uns nicht auseinanderhalten. Hat er noch nie gekonnt." Ich flüsterte den letzten Teil.

„Also, egal ob du Violet oder Veronica bist, er denkt, er wohnt in deinem Haus." Sie nahm ihre Brille ab und ließ sie an der funkelndsten Kette, die jemals hergestellt wurde, um ihren Hals baumeln. „Du hast ihm auch nicht erzählt, dass du obdachlos bist?"

Das Haus mit dem schlechten Boiler gehörte meiner Schwester Violet, nicht mir. In meiner renovierungsbedürftigen Bruchbude hatte es ein kleines Feuer in der Küche gegeben und sie wurde gerade von einer Restaurations-Firma repariert. Fehlerhafte Elektrik, hatte die Versicherungsfirma gemeint. Nicht überraschend, da mein altes Haus an manchen Stellen sogar noch die von Porzellan umhüllten Kupferdrähte und Knäufe aus der Zeit des Wilden Westens hatte. Da Violet auf einer Konferenz für Grundschulbildung außerhalb der Stadt war – sie war Erstklasslehrerin – konnte ich so lange in ihrem Haus wohnen.

Ich verdrehte die Augen. „Da war nicht viel Zeit zwischen dem K.O.-Schlag auf den Kopf und der Fahrt zur Notaufnahme. Er hat sich mir gegenüber wie ein Vollidiot benommen und hätte mir sowieso nicht zugehört. Aber man kann es dem Kerl ja nicht mal zum Vorwurf machen. Würdest du jemandem zuhören, der dir so etwas angetan hätte?"

Goldie wandte sich mir zu und rang kurz mit sich. „Wahrscheinlich nicht."

„Genau. Jetzt habe ich ihn am Hals. Sein Onkel hat ihn in Violets Haus einquartiert." Ich deutete auf Goldie und warf ihr einen bösen Blick zu. „Du hast ihn nicht dazu angestiftet, oder?"

Goldie sah schockiert aus. „Ich?"

„Ja, du. Ich würde es dir und deiner Einmischerei zutrauen."

Jetzt war es Goldie, die mir einen bösen Blick zuwarf. „Junge Dame, ich mische mich nicht ein."

Das war ein sinnloser Streit. Goldie war die Königin der Einmischung, aber ich würde sie nie dazu bringen, das zuzugeben.

„Ich hatte nichts damit zu tun, dass Jack in Violets Haus unterkommt." Goldie wandte sich wieder dem Regaleinräumen zu. „Allerdings muss ich zugeben, dass es verdammt gut ist. Ich kann mir außerdem jemanden – außer mir – denken, der das hätte einfädeln können."

Natürlich! Ich hätte mit dem offensichtlichsten Kandidaten beginnen sollen. Meiner Mutter. Ihre zwei Töchter unter die Haube zu bringen, war zur Mission ihres Rentenerlebens geworden.

„Stimmt, sorry", sagte ich zu Goldie. „Ich bin mir sicher, es war Mom, aber ich werde sie nicht anrufen, damit sie es mir bestätigt. Ich will nichts über ihre 'Liebespläne' wissen."

Goldie gluckste und schaute wieder über ihre Schulter zu mir, ihre Augenbrauen waren hochgezogen. „Liebespläne?"

Ich grinste. „Ihre Worte, nicht meine."

„Sieh es doch mal so. Falls du Jack hart genug geschlagen hast, kommt er vielleicht für eine Weile im Krankenhaus unter."

Ich verdrehte die Augen in Goldies Richtung, bevor ich mit dem Ersatzpaddle hinaus in die arktische Kälte trat.

KAPITEL 4

*N*ach meinem kurzen Abstecher zum Goldilocks legte ich einen Stopp bei Violets Haus ein. Jacks großer Seesack lag immer noch neben der Eingangstür. Also war er noch nicht zurückgekommen oder hatte sich dazu entschieden, woanders zu nächtigen. Soweit ich wusste, könnte er in dieser Minute genauso gut einer Gehirnoperation unterzogen werden. Das war jedoch zweifelhaft, da er bei klarem Verstand und widerwärtig gewesen war, als ich ihn vor dem Krankenhaus abgesetzt hatte. Er war mehr als zehn Jahre gut ohne mich zurechtgekommen, jetzt brauchte er mich auch nicht. Ich runzelte über mich selbst die Stirn. Schuldgefühle breiteten sich in mir aus, verdrängten meine Wut. Es war zum Teil auch meine Schuld, dass er dort war. Ich rief die Notaufnahme an. Die erzählten mir, sie würden keine Informationen über Patienten herausgeben. So viel dazu.

Ich machte ein Nickerchen, dann zog ich mir eine saubere Jeans, ein weißes Top, einen türkisen Pullover mit V-Ausschnitt und Lederstiefel an. Als ich in den Badezimmerspiegel sah, quietschte ich. Meine Haare sahen wirklich aus, als wären sie in der Heupresse gelandet. Ich machte sie schnell feucht, kämmte sie einmal, um die Knoten zu entfernen und band sie dann nach hinten. Ich verließ das Haus nie ungeschminkt – außer, um jemanden in die Notaufnahme zu fahren – weshalb ich meine übliche Routine bestehend aus Kajal, Mascara, etwas Lidschatten und gefärbtem Lipgloss durchzog.

Der *Imperiale Marsch* aus *Star Wars* ertönte im Wohnzimmer. Ich stürzte los, um mein Handy aus meiner Tasche zu ziehen.

„Hi, Jane", begrüßte sich sie, nachdem ich ihren Namen auf dem Display gelesen hatte.

„Habe ich einen schlechten Zeitpunkt erwischt?" Jane West war Goldies Schwiegertochter und arbeitete ebenfalls im Goldilocks. Jane hatte einige Jahre lang eine schlimme Zeit durchgemacht, als ihr Ehemann – Goldies Sohn – gestorben war und sie mit zwei kleinen Jungs allein zurückgelassen hatte. Letzten Sommer hatte sie sich in ihren Nachbarn Ty Strickland verliebt und sie waren mittlerweile verlobt.

Ich ließ den Lipgloss in das Schminktäschchen in meiner Tasche fallen. „Nein, ich mach mich nur gerade fertig, um zu Mike zu gehen."

„Stimmt, das habe ich ganz vergessen. Sollte eine interessante Nacht werden!"

Ich lachte. „Sicher, dass du es nicht tun willst?", fragte ich scherzhaft.

Jane hielt die meisten Partys selbst ab und

hatte wahrscheinlich null Interesse an einem Raum voller neugieriger Männer und einer Tasche Sexspielzeuge. „Mike hat extra nach dir gefragt." Ich hörte Stimmen im Hintergrund. „Warte kurz, Veronica."

Ich hörte zu, wie Jane mit einem ihrer Kinder redete. Ich erkannte das an der süßen piepsigen Stimme und der Tatsache, dass sie darüber redeten, Eis zum Abendessen zu essen. Ich lächelte, denn wenn ich bei ihr als Babysitter einsprang, dann hatten Zach, Bobby und ich immer Eis zum Abendessen gehabt. Nicht, dass ich Jane dieses kleine Geheimnis jemals verraten hätte.

„Sorry. Wir machen uns gerade fertig, Tys Eltern für einige Tage in Pony zu besuchen. Die Schule ist wegen Lehrerkonferenzen geschlossen und Ty hat fünf Tage Pause von der Arbeit", erzählte mir Jane.

„Willst du, dass ich auf dein Haus aufpasse?", erkundigte ich mich.

„Nicht das Haus, sondern etwas anderes." Jane lachte. „Ähm, Zach möchte wissen, ob du für ihn auf seinen Gartenzwerg George aufpassen kannst."

Ich zog das Handy von meinem Kopf und starrte es für eine Sekunde an. „Hä?"

„George will wissen, wie die Arbeit als Klempner so ist. Er war bereits mit Ty auf der Feuerwache und beim Floristen." Jane sprach wieder mit jemand anderem, wobei sie ein Bad erwähnte und dass diesmal Seife verwendet werden musste. „Okay, das bin nur ich. Sorry, aber Zach ist seltsam besessen von diesem Gartenzwerg. Erinnerst du dich noch an den Vorfall letzten Sommer?"

„Ähm, ja." Niemand konnte vergessen, was passiert war. Jane und ihre Jungs hatten zwei Gartenzwerge auf einem Garagenverkauf erworben. Zu dem Zeitpunkt wussten sie jedoch nicht, dass in einem der Zwerge eine Phiole Bullensamen versteckt gewesen war, der von einer Pferderanch westlich der Stadt stammte. Der Besitzer der Ranch war ein mordender Psychopath, der unter dem Deckmantel einer internationalen Pferdezucht Meth produziert und verkauft hatte. Der Mann hatte Jane töten wollen, aber sie hatte sich gerettet und ganz allein die Meth-Organisation zerschlagen.

„Ich dachte, seine Zwerg-Obsession wäre eine vorrübergehende Sache, aber mittlerweile sind sechs Monate vergangen und er ist immer noch begeistert von George. Wie auch immer, kannst du George bei dir aufnehmen, während wir weg sind und Zach erzählen, du hättest ihn zu all deinen Aufträgen mitgenommen?"

Ich lächelte, auch wenn Jane das übers Telefon nicht sehen konnte. „Sicher, kein Problem. Möchtest du, dass ich ihn abhole?"

„Nein, du bist beschäftigt. Wir werden ihn einfach morgen früh auf dem Weg zu Tys Eltern vorbeibringen."

„Okay, aber denk dran, dass ich bei Violet wohne." Ich warf meine Handtasche in die Schachtel Sexspielzeuge.

„Oh, stimmt. Ich werde ihn einfach auf die Veranda stellen."

„Das ist in Ordnung oder weißt du was?

Warum sagst du Zach nicht einfach, dass er ihn in den Van stellen soll. So weiß er, dass der Zwerg mit mir zu den Aufträgen kommt. Ach und vergiss nicht den alten Mr. Chalmers auf der anderen Straßenseite."

Für eine Sekunde war es ruhig am anderen Ende. „Ich werde Zach einfach sagen, er soll ihn in deinem Van deponieren", erwiderte sie mit leicht grimmiger Stimme.

Der alte Mr. Chalmers war ein Vietnam Veteran, der aus dem Krieg nicht als der Mensch zurückgekehrt war, als der er gegangen war. Er stand Janes Nachbar, dem Colonel, nahe. Dieser hatte einen Namen, aber ich kannte ihn nicht. Jeder nannte ihn nur den Colonel. Obwohl ich Zugriff auf diese Informationsquelle hatte, wusste ich nicht genau, was dem alten Mr. Chalmers zugestoßen war. Der Colonel wollte es nicht erzählen, selbst nach all dieser Zeit und ich musste ihre Freundschaft respektieren.

Nichtsdestotrotz war der alte Mr. Chalmers nicht ganz richtig im Kopf. Er dachte, Violet wäre seine Tochter. Er hatte keine, da ihn seine Frau verlassen hatte, als er mit einem Sprung in der Schüssel zurückgekehrt war. Aber er passte auf Violet auf und da ich genauso aussah wie sie, passte er auch auf mich auf.

Er hatte viele Freunde in der Stadt, die ihm halfen. Der Colonel brachte ihn zweimal die Woche zu Treffen der Amerikanischen Legion und jeden ersten Samstag im Monat zum Pancake-Frühstück. Ein anderer Nachbar stellte sicher, dass er Lebensmittel erhielt. Ich backte ihm jede zweite Woche Haferkekse. Abgesehen von dieser Hilfe kam der alte Mr. Chalmers sehr gut allein klar.

Aber Jane hatte ein wenig Angst vor ihm, da er sie nicht kannte. Das einzige Mal, als sie bei Violets Haus vorbeigeschaut hatte, war der alte Mr. Chalmers herausgekommen und hatte angefangen, herumzuschreien, sie solle seiner Tochter keine Bibeln verkaufen.

„Klar, der Van ist völlig in Ordnung." Ich sah auf meine Uhr. „Hör zu, ich muss los. Männer warten auf mich und mein Wissen über Frauen und Sex", fügte ich sarkastisch hinzu.

„Hab Spaß – und Dankeschön von Zach."

Ich warf mein Handy in meine Handtasche, hob die Schachtel für die Party hoch – die Schachtel, die kein Paddle mehr enthielt – und trat aus der Tür.

Der Himmel war tintenschwarz, die Schneeflächen, die um mich herum verteilt waren, leuchteten im Mondlicht silbern, als ich zu Mike Ostranskis Haus fuhr. Die Autoscheinwerfer glänzten auf der Straße, die mit einer dicken Schicht komprimierten Schnees bedeckt war. Auf den kleinen Nebenstraßen wie dieser befand sich nur Erde darunter, aber die würde man vor der Frühjahrsschmelze nicht sehen. Mein Atem hing in kleinen Wölkchen vor mir, bis die Heizung ansprang. Ich hatte mich dafür entschieden, den Klempner-Van zu fahren, anstatt ein Auto zu kaufen, da das billiger war. Allerdings hätte ich nichts gegen den Luxus beheizter Sitze und elektrischer

Fensterheber gehabt – sowie einen Allradantrieb.

Mike wohnte ungefähr fünf Meilen östlich der Stadt. Sein Haus war im Holzhüttenstil erbaut worden und stand auf einer Erhöhung auf zehn Acres Land. Aus den großen Wohnzimmerfenstern hatte man eine wunderbare Aussicht auf die Gallatin Gebirgskette. Das Haus war nicht die Montana Version einer protzigen Villa, sondern eine meisterhafte Konstruktion auf einer kleineren Skala. Als Mike es vor fünf Jahren nach seinen Wünschen hatte bauen lassen, war kein Detail vergessen worden. Aussicht, hochwertige Gerätschaften, komplexe und verwirrende Multimediaausstattung, für die überall Kabel verlegt worden waren. Der Jacuzzi im großen Badezimmer glich einem Schwimmbecken. Das Haus hatte einen Boiler von zweihundert Gallonen, eine warme Fußbodenheizung und sogar eine beheizte Auffahrt. Ich wusste von der besonderen Ausstattung wie dem Jacuzzi nicht, weil ich ihn benutzt hatte, sondern weil ich ihn eingebaut hatte. Ich war mit der Klempner-Seite des Hauses sehr vertraut. Als Podologe konnte sich Mike all diese luxuriösen Annehmlichkeiten leisten.

Ich parkte neben der Garage, die groß genug für drei Autos war, und ging zum Kofferraum des Vans, um mir die Schachtel zu schnappen, während die eiskalte Luft meine Wangen zum Brennen brachte. Mike öffnete eine der Garagentüren, kam heraus und stupste mich zur Seite, nachdem ich die Kofferraumtüren des Vans geöffnet hatte.

„Warte, ich nehme das."

Er hob die Schachtel hoch, als wöge sie nichts. Ich nahm meine Handtasche oben von der Schachtel, während wir nach drinnen liefen. Mike hatte in der Highschool und im College Football gespielt und das sah man ihm auch an. Er könnte an Halloween Paul Bunyan sein, wenn man ihm ein Flanellhemd und eine Axt in die Hand drücken würde. Ich reichte nur bis zu seiner Schulter und er war mindestens fünfzig Kilo schwerer als ich. Aber Football hatte schnell der Vergangenheit angehört, als das Stipendium und die Medizin sein Leben übernommen hatten. Jetzt führte er seine eigene Podologie-Praxis und war vor allem während der Skisaison schwer beschäftigt. Zu dieser Zeit schien es einen nie enden wollenden Strom an verstauchten Knöcheln und Hallux-Problemen zu geben.

„Du wirst das nicht glauben", sagte er, während er auf dem Weg in die Küche den Knopf für das Garagentor drückte.

Ich saß auf der Bank in dem übergroßen 'Schmutzraum' und zog meine Stiefel aus, die ich anschließend auf die kleine Plastikschale, die dort für nasse Schuhe stand, fallen ließ. Der 'Schmutzraum' war der Auffangbereich zwischen der Garage und Küche. Mäntel, Schuhe, Regenschirme und all die anderen beliebigen Dinge, die man weder im Haus noch in der Garage haben wollte, landeten dort. Insbesondere im Winter war so ein Raum toll, wenn man viele Kleiderschichten tragen musste, die man irgendwo deponieren musste – anders als in einem Haufen auf der Küchentheke. Darüber hinaus sorgte so ein Raum auch dafür, dass der ganze Matsch und Schnee nicht ins Haus gelangten.

Mein Haus war zu klein, um einen zu haben und ich hatte auch keine Garage. Diesen Luxus genoss ich nur, indem ich Mikes Haus besuchte.

„Rate mal, wem ich heute über den Weg gelaufen bin und der auch zu diesem kleinen Treffen kommt?", fragte er.

Wir waren schon so lange Freunde, dass ich den Garageneingang anstatt der schicken Eingangstür benutzen durfte. Ich schindete Zeit, indem ich so tat, als würde ich meine Socken zurechtzupfen, während sich ein schreckliches Gefühl in meiner Magengrube breitmachte. Ich wusste genau, wer auf diese Party geschleppt werden würde.

Ich hielt inne und seufzte. „Jack Reid?", riet ich.

Mike steckte den Kopf zurück in den 'Schmutzraum' und sah überrascht aus und das nicht wegen dem Unmut in meiner Stimme. „Woher weißt du das?"

Dafür, dass der Mann erst weniger als einen Tag in der Stadt war, hatte sich seine Anwesenheit schnell herumgesprochen und er selbst war scheinbar auch viel herumgekommen. „Bloß geraten."

KAPITEL 5

$\mathcal{D}$ ie Türglocke bewahrte mich davor, antworten zu müssen. Nach einem fragenden Blick ließ mich Mike für einige Minuten in Ruhe, während ich die vielen wärmenden Schichten ablegte und versuchte, mich zusammenzureißen. Ich war nicht ganz bereit, Jack gegenüber zu treten. Ich glaubte nicht, dass er allzu begeistert sein würde, mich zu sehen. Jemals wieder. Aber wir würden Mitbewohner sein, also würde ich ihm irgendwann über den Weg laufen. Das in der Öffentlichkeit zu tun, bedeutete immerhin, dass er mich nicht umbringen würde, zumindest nicht sofort. Männerstimmen hallten durch das Haus. Ich hörte, dass der Fernseher angeschaltet wurde. Ein Kommentator faste irgendein Sportereignis zusammen. Ich zog meinen Handspiegel aus der Handtasche und überprüfte mein Makeup, meine Haare und vergewisserte mich, dass nichts zwischen meinen Zähnen steckte.

„V, komm schon! Willst du ein Bier oder was anderes?"

„Was anderes", murmelte ich vor mich hin, während ich den Spiegel wegsteckte und meine schwitzigen Handflächen an meiner Jeans abwischte.

Ich schleppte die Schachtel Spielzeuge, die Mike auf der Küchentheke zurückgelassen hatte, ins Wohnzimmer. Der Raum war zwei Stockwerke hoch und verfügte über eine Reihe Fenster, die die wunderschöne Landschaft zeigten – wenn es hinter dem Glas nicht kohlrabenschwarz war. Ein großer Kamin aus Stein, in dem ein knisterndes Feuer brannte, nahm die nördliche Wand ein. Dunkle Ledersofas waren zum Kamin hin ausgerichtet und auf einen großen Flachbildschirmfernseher, der daneben an der Wand befestigt war. Gegenüber befand sich eine Cocktailbar. Platten mit Snacks nahmen gemeinsam mit einem Eimer voller Eis und Bierflaschen die Theke ein. Mike stand hinter der Bar und mixte irgendein alkoholisches Getränk.

Wegen der Bodenheizung und dem Kamin war es ein warmer und gemütlicher Ort, an dem man sich gut in einer kalten Nacht wie dieser aufhalten konnte.

„Willst du einen?", rief Mike mir zu. Ich nickte, wobei es mir egal war, was in dem Getränk war. Ich brauchte Mut und zwar schnell.

Ich war mir etwas unsicher, wie das hier ablaufen würde. Ich zählte sechs Köpfe, nein, es waren sieben Kerle und eine Schachtel voller Sexspielzeuge. Ich würde mit Fragen über Frauen und was diese wirklich im Bett wollen durchlöchert werden. Ich war weder ein Pornostar noch eine Jungfrau. Ich befand mich irgendwo in der Mitte und hatte eine dementsprechende Erfahrung. Spielzeuge waren ja schön und gut, aber ein Kerl, der mit seinen Händen wirklich gut war, brachte mich auf Hochtouren.

Da ich seit, nun ja, seit Ewigkeiten im Goldilocks arbeitete, hatte ich ein oder zwei Dinge darüber gelernt, was ein Mann im Bett wollte. Oder außerhalb. Im ersten Jahr hatte mir Goldie alles über ihr gesamtes Arsenal an Spielzeugen, Reizwäsche, Videos und weiß der Geier, was sonst noch, beigebracht. Sie hatte mich sogar jede Woche mit einem Video nach Hause geschickt, damit ich es mir ansah und mich gewarnt, dass sie mich feuern würde, wenn ich es meiner Mutter erzählte. Nicht, dass ich das jemals getan hätte. Noch heute wäre es mir peinlich, ihr zu erzählen, dass ich meine Donnerstagabende damit verbracht habe, Filme wie 'Buffy, die Dildojägerin' oder 'Versaute Mädels' anzuschauen. Und das waren noch die harmloseren Titel.

Goldie hatte mich auch dazu gezwungen,

während der Mittagspause Erklärungsvideos über jedes mögliche Thema anzuschauen. Ich war die einzige Person der Welt, da war ich mir sicher, die bei aufgewärmtem Resteessen *Kama Sutra 101* und *Oralverkehr für Dummies* angeschaut hatte.

Ich warf Jack einen kurzen Blick zu, der mit einem Bier in der Hand auf der Couch lümmelte. Er beobachtete mich, seine blauen Augen waren scharf auf mich gerichtet und versuchten mich einzuschätzen. Offensichtlich hatte ich keine wichtigen Teile beschädigt, da er aus der Notaufnahme entlassen worden war. Ich fühlte mich entblößt und verletzlich, wenn ich daran dachte, was er früher am Tag gesehen hatte – was ich entblößt hatte.

Überraschenderweise war mir auch ganz schön heiß. Das Feuer war wirklich warm! Ja, genau. Wem wollte ich etwas vormachen? Meine Fantasie hatte sich nicht einmal nach seinen widerlichen Worten verändert.

Jack. Er war derjenige, den ich im Bett haben wollte. Überall. Obwohl er ein

Vollidiot war und mich in den Wahnsinn trieb. Mein Kopf mochte zwar denken 'Erwürg den Mann', aber mein Körper wollte etwas ganz anderes mit ihm anstellen. Ich war nur froh, dass mein Pullover so dick war, dass er verbarg, dass meine Nippel allein bei seinem Anblick hart geworden waren.

Mike trat hinter der Bar hervor und brachte mir ein Cocktailglas, das mit einer klaren Flüssigkeit und Eis gefüllt war. Ich nahm einen großen Schluck. Gin und Tonic. „Danke", sagte ich und hoffte, dass mich der Cocktail abkühlen würde.

„Dann will ich dich mal allen vorstellen." Mike wandte sich den fünf Männern zu, die mit unterschiedlich großem Interesse die Sportsendung anschauten. Jack beobachtete mich aufmerksam, nicht den großen Bildschirm. Ich konnte seinen Gesichtsausdruck nicht lesen. Er war sehr gut darin, nichts Preis zu geben. Ich konnte nicht sagen, ob er wütend, erregt oder traurig war oder eine Gehirnerschütterung hatte. Ich nahm mir im Stillen vor, nie mit ihm Poker zu spielen.

„Das ist Joe", Mike deutete auf den dünnen blonden Kerl, der am weitesten von mir entfernt saß und machte dann der Reihe nach weiter. „Er ist Radiologe im Krankenhaus. Die anderen kennst du – Tom, Colin, Arty und Rob."

Ich nickte und winkte leicht mit den Fingern. Ich kannte sie alle relativ gut aus der Highschool, dadurch, dass ich mit ihren Schwestern befreundet war oder dem Schul-Softball.

„Hey, V! In letzter Zeit irgendwelche Rohre verlegt?"

Ich verdrehte meine Augen bei Robs Kommentar und zwang mich zu einem schmalen Lächeln. Ich hatte es bereits vor Jahren aufgegeben, irgendeinen Kommentar zu Klempnerwitzen zu machen.

„Jack, du erinnerst dich an Veronica, oder?", fragte Mike.

Jack, dessen Augen immer noch auf mir lagen, stellte sein Bier auf den

Wohnzimmertisch und erhob sich. Lief zu mir. Abgenutzte Jeans, weich und an all den richtigen Stellen enganliegend, saßen tief auf seinen Hüften. Er trug ein schwarzes T-Shirt, das seine sehr reizvolle Bräune und seine breiten Schultern betonte. Er hatte seit der Highschool gut dreißig Pfund zugelegt und war kräftiger geworden. Und zwar wieder an all den richtigen Stellen und mit reiner Muskelmasse. Der Mann hatte kein Gramm Fett am Körper und ich würde mich gerne freiwillig melden, um das zu bestätigen. Seine Haare – da er keine Mütze mehr trug, konnte ich jetzt alles sehen – waren dunkel und leicht gewellt, ringelten sich über seiner Stirn und über seinen Ohren. Sie waren länger als in meiner Erinnerung, lang genug, dass ich mit den Fingern hindurchfahren, sie festhalten und seinen Kopf für einen Kuss zu mir ziehen könnte oder ihn zwischen meinen gespreizten Schenkeln halten könnte, während er –

Oh Scheiße. Ich steckte in großen

Schwierigkeiten, wenn ich darüber fantasierte, dass er mich oral befriedigte.

Ich errötete und warf ihm einen Blick zu, froh, dass er meine Gedanken nicht lesen konnte. Er war im Stehen und bei Bewusstsein größer. Ich musste meinen Kopf nach hinten neigen, um ihm in die Augen sehen zu können. „Miller", erwiderte er neutral.

Oh ja. Das hatte ich ganz vergessen. Er hatte mich immer nur bei meinem Nachnamen angesprochen. Ich schlug mir im Geist gegen die Stirn. Jetzt wusste ich warum. Er musste nicht wissen, welche Miller ich war. Die Verwendung unseres Nachnamens würde sowohl auf mich als auch auf Violet zutreffen und er würde nie falsch liegen. Ziemlich gewieft. Ich hatte gedacht, es wäre ein süßer Spitzname, ein seltsamer Kosename. Ich war so ein Trottel.

„Ich bin Jack vorhin im Krankenhaus über den Weg gelaufen. Gebrochener Fuß", erklärte mir Mike jovial.

Der gebrochene Fuß hatte eindeutig nicht

Jack gehört, sondern einer anderen unglücklichen Person. Mike schlug ihm auf den Rücken. Ich sah, dass Jack leicht zusammenzuckte, wahrscheinlich wegen Kopfschmerzen, und sich sein Mund zu einem grimmigen Strich verzog. Die Schmerzmittel wirkten wohl nicht so gut wie sie sollten.

Schuldgefühle überschwemmten mich. Nur ein kleines bisschen. Oder vielleicht war das auch der Schluck Gin und Tonic. „Wie fühlst du dich?", erkundigte ich mich. Mir fiel nichts anderes ein. Keine geistreichen Witze von mir. Nur im selben Raum zu sein wie Jack, machte mich nervös, wuschig. Wütend. Geil.

„Wundervoll", antwortete er sarkastisch, wenn seine Tonfall irgendein Hinweis war. „Kannst du dich an die Erklärung erinnern, die ich den Notfallärzten erzählen musste?"

Ich nickte, während ich auf meiner Unterlippe knabberte und mich fragte, wohin das führen würde.

Seine Augen sanken auf meinen Mund.

„Sie haben sie geliebt. Wenn es keine Schweigepflicht gäbe, würde die Geschichte morgen wahrscheinlich jeder in der Stadt kennen." Er hatte schlechte Laune. War verärgert.

Mike beobachtete uns zwei nur. „Du wusstest, dass er verletzt worden ist?", fragte er verblüfft.

Ich nickte wieder. „Ich hab ihn zur Notaufnahme gefahren." Wenn Jack das ganze Sex-Paddle-Auf-Den-Kopf-Szenario nicht erwähnte, würde ich das auch nicht tun.

„Oh", machte Mike, als ob das alles beantworten würde, obwohl er aussah, als hätte er keinen blassen Schimmer. „Warum?"

„Hat Jack es dir nicht erzählt?" Ich warf ihm einen Blick zu. „Wir werden Mitbewohner."

„In Violets Haus?", fragte Mike offenbar immer noch verwirrt.

Ich nickte.

Mike wackelte mit den Augenbrauen, grinste und wandte sich an Jack. „Das wird…

kuschlig werden. Nur ihr zwei in diesem winzigen Haus."

„Willst du mich hier unterbringen?", fragte Jack. Vielleicht bat er auf diese Weise um ein Zimmer oder er versuchte nur, Mike zu verärgern. Es war schwer zu sagen, was zutraf.

Mike lächelte und hielt seine Hände vor sich hoch. „Nö. Ich möchte euch nicht im Weg stehen."

Ich verdrehte die Augen. Mike und ich hatten uns einmal geküsst. In der neunten Klasse. Seine Zahnspange hatte meine Lippe gezwickt und es war ein feuchtes Geschlabber gewesen. Wir waren beide genau in diesem Moment im Keller seiner Eltern darin übereingekommen, dass das eine einmalige Sache gewesen war. Von da an war er wie mein großer Bruder. Ein großer idiotischer Bruder.

„Außerdem kommen meine Eltern Montagmorgen", fuhr Mike fort. „Warum kannst du nicht bei deinem Onkel wohnen?" Bevor Jack antworten konnte, redete Mike weiter: „Stimmt, die Renovierung. Ich hab davon gehört. Schaut mal, können wir jetzt anfangen?" Er rieb seine Hände aneinander. „Das wird genial werden! Ich bin so froh, dass ich dir begegnet bin und du herkommen konntest, Kumpel." Er holte ein Bier von der Bar und setzte sich auf seinen Sessel, der genau richtig zum Fernsehen positioniert war.

Mike war ein wenig zu enthusiastisch fast wie ein Cheerleader, das zu viel Zucker gegessen hatte und sich nicht konzentrieren konnte.

„Ist er immer so?" Jack deutete mit dem Daumen zu Mike.

„Ja, so ziemlich."

„Also, Violets Haus? Nicht deins?", fragte Jack, während wir dastanden und die anderen Männer wie hypnotisiert auf irgendeine tolle Basketballwiederholung starrten.

„Oh, ähm. Nein."

Jack starrte mich einfach nur an und wartete auf mehr, als ob er alle Zeit der Welt hätte. Ich hatte gehört, er wäre Anwalt. Ich schätze, diese Fähigkeit war ganz nützlich, wenn er versuchte, die Wahrheit aus einem Zeugen im Zeugenstand zu quetschen.

Ich seufzte. „In meinem Haus hat es ein kleines Feuer gegeben. Genau genommen in der Küche. Es wird repariert, aber in der Zwischenzeit wohne ich bei Violet."

„Und wo ist sie?" Er hob seine Hand zum Hinterkopf. „Sie war nicht diejenige, die… nein, du hast Mike gerade erzählt, dass du mich zur Notaufnahme gefahren hast."

Ich hob meine Augenbraue. „Du denkst wir hätten unsere Rollen vertauscht?"

Jack zuckte nonchalant mit den Schultern. „Das wäre keine Überraschung", merkte er an, wobei seine Stimme ein wenig bitter klang.

Mein Mund klappte schockiert vor Wut auf. „Das letzte Mal, dass wir unsere Rollen getauscht haben, war in der ersten Klasse."

„Wirklich?" Es war eindeutig, dass Jack mir nicht glaubte, denn seine Augenbraue war immer noch gewölbt.

„Violet", ich betonte den Namen extra, damit er wusste, um wen es ging, „ist auf einer Konferenz in Utah. Sie ist Lehrerin einer ersten Klasse."

„Dann war es wirklich dein Paddle." Wieder sanken seine Augen, um über meinen Körper zu gleiten, wobei sie auf meinem Oberkörper und dem Busen, den er vorhin gesehen hatte, hängen blieben. Vielleicht hatte er doch einen Röntgenblick wie Superman oder er durchlebte den Moment einfach nochmal. Meine Nippel zogen sich noch fester zusammen. Ich spürte, dass meine Wangen heiß wurden. Ein Blick von Jack und ich schmolz wie ein Eis in der Sommersonne.

„Warum, weil Erstklasslehrerinnen keine Sexspielzeuge verwenden?", fragte ich mit spöttischer Stimme.

„Ich habe keine Ahnung, ob sie das tun oder nicht. Ich meinte damit, dass du eines schwingst, als hättest du jede Menge Übung darin." Er lächelte. Das großartige Lächeln, bei dem eine Seite nach oben geneigt war.

Ich hatte sein Lächeln in der Highschool geliebt. Gerade jetzt wollte ich es ihm einfach vom Gesicht wischen. Vielleicht ein oder zwei Probeschwünge mit dem neuen Paddle machen.

„Jep, jede Menge Übung. Ich werde dir eine Rechnung dafür schicken." Ich begann, davonzulaufen, aber Jacks Hand auf meinem Arm hielt mich zurück. Es war kein fester Griff. Tatsächlich war er zu sanft. Aber die Hitze seiner Berührung breitete sich in südlicher Richtung an all den richtigen Stellen aus. Sein dunkler, verlockender Duft drang mir in die Nase und verdammt, er roch so gut.

„Wir tauschen Rechnungen aus? Das ist super, denn die vom Krankenhaus wird es in sich haben. Sie haben wirklich ein CT gemacht."

Ojemine.

„V, los geht's!", schrie Mike. Jack ließ seine Hand fallen und ich stürmte mit dem Wunsch davon, ihn wieder zu schlagen.

KAPITEL 6

*I*ch verbrachte eine Stunde damit, mit dem Rücken zum Feuer vor den Männern zu stehen und die verschiedenen Sexspielzeuge, die ich aus der Schachtel gezogen hatte, zu erklären. Obwohl sie erwachsene Männer waren, verhielten sie sich wie Jungs, die zu jedem einzelnen einen versauten und absolut unanständigen Kommentar abgaben. Fingerspitzenvibratoren, essbares Körperpuder und Nippelklemmen waren der Hit. Joe testete sogar eine Klemme an sich, wobei er sie verhakte, sodass Mike ihm helfen musste, sie wieder abzunehmen. Auf keinen Fall würde ich mich für diese Aufgabe freiwillig melden.

Ich zog eine aufblasbare Puppe aus der Schachtel. „Hier, kann die jemand aufblasen?"

„Mike wird das tun. Er ist voll heißer Luft!"

„Ja und er hat Erfahrung im Blasen – "

„Arty", unterbrach ich ihn. Schüttelte meinen Kopf. Zu viele Informationen für mich. Auch wenn ich halbtags in einem Erotikshop arbeitete, waren Details über das Sexleben der Leute nicht erforderlich. Oder erwünscht. Insbesondere keine Details über Mikes Sexleben oder das eines meiner anderen Freunde.

„Sorry", erwiderte er zerknirscht.

„Eine aufblasbare Puppe. Fantastisch!" Mike machte sich an die Arbeit, indem er die kleine Luftöffnung fand und die Puppe aufblies, einen Atemzug nach dem anderen.

„Während sich Mike um das kümmert, ist hier schon mal das Nächste, das ich euch zeigen möchte. Es handelt sich um ein Paddle, falls ihr Interesse an Spanking oder sogar BDSM habt." Ich hörte Jack lachen. Über mich. Ich spürte, wie meine Wangen flammendheiß wurden und vermied es, in seine Richtung zu schauen. Ich reichte das Paddle herum und sie testeten es an ihren Händen.

„Wie mache ich das meiner Frau schmackhaft?", fragte Tom, während er sanft mit der fellbedeckten Seite auf seine Handfläche schlug. Ausnahmsweise stellte mal jemand eine ernstgemeinte Frage. Oder zumindest dachte ich das.

„Du sagst 'Bonnie, das ist ein Paddle. Paddle, das ist Bonnies Arsch'!", antwortete Joe, woraufhin lautes Gelächter ausbrach.

Jack grinste und schüttelte seinen Kopf. Tom lachte mit den anderen, aber ich wusste, er wollte wirklich eine ehrliche Antwort.

„Nun", begann ich. Die Männer

beruhigten sich schnell, da ihnen bewusstwurde, dass sie Insiderinformationen über Frauen und Sex erhalten würden. Und über Spanking. Aus irgendeinem Grund waren Männer leicht besessen vom Spanking. „Du könntest ihr erzählen, dass es etwas sei, über das du nachgedacht hättest und dass es dich wirklich antörnt. Vielleicht versuchst du zuerst, ihr mit deiner Hand den Hintern zu versohlen. Vielleicht ein kleiner spielerischer Klaps, während ihr intim seid. Finde heraus, wie sie darauf reagiert."

Tom nickte. Die anderen Männer sahen mich nachdenklich an, als ob sie meinen Rat in Erwägung ziehen würden. Zweifellos war der rote Hintern einer Frau das Bild, das ihnen gerade vorschwebte.

Mike leistete ziemlich gute Arbeit beim Aufblasen der Puppe. Sie begann bereits ihre Formen in all ihrer nackten Pracht anzunehmen.

Arty stand auf, um noch ein Bier zu holen und Joe schlug ihm mit dem Paddle auf den

Hintern. Die Männer brachen in Gelächter und High Fives aus.

Ich lachte auch. „Vielleicht nicht ganz auf diese Art. Wenn ihr denkt, dass ein Körperteil eurer Frau oder Freundin wirklich heiß ist, dann sagt ihr das. Ich kann nicht mit Sicherheit sagen, wie sie darauf reagieren wird, aber einer Frau zu sagen, dass man sie heiß findet oder etwas an ihr einen antörnt, kann manchmal mehr bewirken als ihr denkt."

Die Männer nickten weise mit den Köpfen. Jack beobachtete mich, während er einen Schluck Bier trank.

„Hey, das ist ein Kerl!", schrie Mike aufgebracht.

Er hielt die fertig aufgeblasene männliche Puppe hoch. Einschließlich des zwanzig Zentimeter langen Penis.

„Was zum…", sagte Joe.

Ich hielt meine Hand zum Zeichen für Stille hoch. Die Männer hatten offensichtlich eine anatomisch korrekte Frau erwartet. „Ich habe die Männerpuppe mitgebracht, um dieses letzte Teil vorzuführen. Einen Penisring." Ich zog ihn vom Boden der Schachtel und hielt ihn hoch. Er bestand aus zwei Kreisen, die in der Mitte verbunden waren, sodass er die Form einer Acht hatte.

„Hey! Lass mich mal sehen!", rief Mike.

Ich warf ihm den Ring zu und setzte mich auf den Arm eines leeren Sessels neben dem Kamin.

„Das hier hilft, wie mir erzählt wurde, einem Mann dabei, länger als normal durchzuhalten. Ich weiß, ich habe euch Spielzeuge gezeigt, die spezifisch für eure Frau oder Freundin designt worden sind, aber das hier ist etwas, das *ihr* benutzt und sie wird definitiv davon profitieren."

„Was ist das für ein Teil?" Mike fuhr mit dem Finger über einen der Kreise.

„Der hält deine Hoden."

Jeder Kerl im Raum zuckte zusammen und stöhnte, während sie unbehaglich auf ihren Plätzen herumrutschten.

„Oh, kommt schon", grummelte ich. „Ihr seid ganz hin und weg von der Vorstellung von Klemmen, die sich in die Brustwarzen einer Frau graben." Einige der Männer nickten mit den Köpfen. Glasige Augen verrieten mir, dass sie ernsthafte Brustfantasien hegten. Ich wagte einen Blick zu Jack. Er starrte meine Brüste an. Er hatte heute eine davon gesehen. Hoffentlich stellte er sie sich nicht mit einer Klemme daran vor. Trotz des schmerzhaften Gedankens zogen sich meine Nippel zusammen. Warum taten sie das jedes Mal, wenn Jack mich – sie – ansah?

Wenn Jack sie mir anlegte, wären sie vielleicht –

„Ähm...vergesst nicht die zusätzlichen Empfindungen durch die kleinen Gewichte, die ich euch gezeigt habe. Im Vergleich dazu zwickt oder drückt ein Penisring nicht."

„Woher willst du das wissen?", fragte Joe.

„Sprich nicht einmal darüber", sagte Arty zur gleichen Zeit.

Ich sah zwischen den Männern hin und her. Keiner sah glücklich aus über die

Vorstellung, dass etwas ihr bestes Stück verzieren sollte.

„Schön, ich habe die aufblasbare Puppe mitgebracht, um den Penisring vorzuführen. Mike, da du beide hast, warum legst du ihm den Penisring nicht an?"

Jeder erstarrte. Mikes Gesicht war so rot wie seine Haare. „Ähm, an einem anderen Kerl?"

Ich verdrehte die Augen. „Dieser *Kerl* ist ein Luftballon."

Mike sah hinab auf die Puppe und dachte darüber nach, ob er das durchziehen müsste oder nicht. Doch dann lachte er mit sichtbarer Erleichterung auf. „Es hat keine Eier!"

Er hielt die Puppe hoch und tatsächlich fehlten sie. Ein Sexspielzeug, dem die Hälfte seiner wichtigen Teile fehlte. So viel dazu, den gesamten Penisring vorzuführen.

„Hier, gib ihn mir", sagte ich und streckte meine Hand aus. Mike warf mir den Penisring zu. Ich entfernte den zusätzlichen Ring, der um die Hoden eines Mannes gelegt wurde und warf diesen Teil in die Schachtel.

„Was mache ich damit?" Mike bewegte die aufblasbare Puppe vor und zurück, wodurch der zwanzig Zentimeter Penis wie eine Flagge vor und zurück schwankte.

Ich nahm ihm die Puppe ab und alle Männer erstarrten. Dieses Mal nahm ich an, dass es daher rührte, dass ich eine männliche Puppe hielt und sie sich allerlei versaute Dinge vorstellten, die ich damit tun könnte.

Als ob. Okay, *nur* wenn ich eine Vorführung gab.

Ich nahm den Ring, hielt in einer Hand den sehr erigierten Penis der Puppe und schob das Lederband nach unten. Er passte nicht gut, da Mr. Aufgeblasen verdammt groß war. Ich warf einen Blick zu den Männern, die alles mit unterschiedlichen Gesichtsausdrücken beobachteten, von Lust bis hin zu Entsetzen darüber, wie grob ich war. Meine Hände waren nicht sanft. Tatsächlich war es ein Kampf, meine Aufgabe zu vollbringen.

Ein lauter Knall hallte durch den Raum und ehe ich mich versah, war der Penisring aus meinen Fingern geflogen, durch die Luft gewirbelt und hatte Jack mitten auf der Stirn getroffen, von wo er mit einem sanften Plumps auf seinem Schoß landete.

Ich erstarrte an Ort und Stelle, den Mund aufgerissen, die Augen auf Jacks Schoß gerichtet. Alle Männer starrten ebenfalls. Jack schwieg verblüfft. Er sah auch nach unten.

Oh, Scheiße! Beschämt traf nicht einmal annähernd, wie ich mich fühlte. Warum musste sich der Penisring von all den Männern im Raum ausgerechnet Jack aussuchen? Wäre er in Mikes Schoß gefallen, würden jetzt alle lachen. Es hätte einen kurzen 'ha-ha'-Moment gegeben und dann wäre es auch schon vorbei gewesen.

Aber, nein. Jetzt musste ich mir ansehen, wie Jack seine Jeans ausfüllte, und mich fragen, ob er sich freute, mich zu sehen oder ob er einfach von Natur aus groß war. *Sehr* groß. Ich schluckte. Meine Gedanken beschritten ganz und gar versaute Wege. Dann sah ich den Penisring, die Schnalle reflektierte das Licht des Feuers und ich stellte mir vor, dass sich einer sicher um Jacks Schwanz schmiegte, der bereit war, in mich zu gleiten. Dass ihm der Ring das Durchhaltevermögen – nicht, dass er das bräuchte – geben würde, um mir multiple Orgasmen zu bescheren. Mein Verstand kehrte zurück zu den Gedanken an seinen Kopf zwischen meinen Schenkeln, meinen Fingern, die an seinen Haaren zogen, um ihn genau dort zu halten, wo ich ihn wollte. Jep, definitiv versaut.

Hitze strömte in meine Wangen, als ich zu Jack lief. Ich griff nach unten, um den Penisring von seinem Schoß zu nehmen, näherte mich bis auf wenige Zentimeter seinem Supermann-großen besten Stück, als er mein Handgelenk packte. Seine blauen Augen begegneten meinen.

Elektrizität raste durch seinen sanften Griff und ließ Gänsehaut auf meinen Armen entstehen. Heilige Scheiße, der Blick seiner

Augen war so heiß, dass es sich anfühlte, als würde ich verbrennen.

Er grinste, was jedoch die Elektrizität, die zwischen uns knisterte, kein bisschen verringerte. „Reib nicht an der Lampe, wenn du nicht willst, dass der Genie rauskommt", sagte er mit so leiser Stimme, dass nur ich ihn hören konnte. Ich lief scharlachrot an bei dieser Doppeldeutigkeit. „Vielleicht später, wenn wir kein Publikum haben." Er wackelte mit den Augenbrauen, während er mir den Penisring reichte. Ich nahm ihn und riss dann schnell meine Hand weg, als hätte ich mich verbrannt. Vielleicht hatte ich das ja.

Ich schluckte, trat weg. Die Stille wurde von röhrendem Gelächter durchbrochen, da Mike irgendetwas gesagt hatte, dass Jack vielleicht einen Penisring brauchte, damit er lang genug hart blieb, um eine Frau zu befriedigen. Joe machte Witze über die Größe von Jacks Männlichkeit. Alle möglichen verdorbenen Männerwitze, die meine Gedanken nur zu Jack und seinem sehr sexy Gemächt lenkten.

Ich nahm mir einen Moment, um meine Gedanken wieder auf das Programm und weg von Jacks Schoß zu lenken. Dabei zog ich den kleinen Stöpsel aus der aufblasbaren Puppe, sodass die Luft rausgelassen wurde und der Eunuch mit einem lauten Sssss erschlaffte. Ich legte die schlaffe Form auf einen Ohrensessel.

„Mike bietet freundlicherweise jedem von euch eine personalisierte Geschenktasche vom Goldilocks an", sagte ich, als sich die Männer wieder beruhigt hatten. „Ihr müsst mir lediglich erzählen, was euch interessiert und ich werde euch eine Tasche zusammenstellen. Er wird sie morgen abholen und bei euch abliefern."

„Ja. Ich habe die Schnauze voll, mir am Pokerabend all eure traurigen, jämmerlichen Sexgeschichten anzuhören. Keine Ausreden mehr", scherzte Mike, der entspannt in seinem Sessel saß.

„Also, was hättet ihr gerne?", fragte ich und sah jeden der Männer an. Arty hob sein Bier hoch und behielt es in der Nähe seines

Mundes. Joe presste seine Lippen fest zusammen und verschränkte die Arme vor der Brust. Nicht jeder wollte seine sexuellen Vorlieben vor seinen Kumpeln ausbreiten. Es war eine Sache beschönigte Wahrheiten über ihre Männlichkeit während eines Pokerspiels zu erzählen. Aber es war eine ganz andere Sache, ihnen zu erzählen, dass es ihnen gefiel, dass ihre Frau einen Umschnalldildo an ihnen benutzte.

Jack erhob sich und ging, um sich von der Bar noch ein Bier zu holen. Die ultimative Vermeidungsstrategie. Ich war etwas erleichtert darüber, da ich wirklich nicht wissen wollte, ob er irgendwelche verrückten Fetische hatte. Das würde meine Fantasien absolut zerstören oder, je nach dem, was er wollte, noch neue entstehen lassen.

„Mike, warum machst du nicht den Anfang?", fragte ich in der Hoffnung, dass es ihm egal sein würde, wenn jeder wusste, was er in seinem sexuellen Geschenktütchen wollte. Außerdem, wenn er es nicht erzählen würde, würde es keiner seiner Freunde tun. In diesem Fall war es praktisch die Pflicht des Gastgebers mitzumachen.

Er musterte seine Freunde, holte tief Luft und sagte: „Ich stehe auf Domestic Discipline."

Im Raum war es bis auf das Knistern der Holzscheite im Feuer ruhig. Jack erstarrte auf halbem Weg zurück zu seinem Platz, Arty verschluckte sich an einer Nuss, die er aus der Schüssel auf dem Wohnzimmertisch genommen hatte. Joe schlug ihm auf den Rücken, wobei sich seine Augen nie von Mike abwandten. Bob sah einfach nur verwirrt aus.

Ich hob meine Augenbrauen, verarbeitete die Information. Nach ungefähr fünf Sekunden bemerkte ich, dass ich etwas sagen musste. Niemand sonst würde es tun. „Domestic Discipline. Hm." Ich zupfte an meinem Ohrläppchen. „Ich, ähm...muss gestehen, ich weiß nicht, was das ist." Ich lächelte Mike freundlich zu, dass ich wusste, dass er sich selbst ins

Rampenlicht der sexuellen Geständnisse gerückt hatte.

Mike grinste. „Das bedeutet, dass der Mann die Führung über das Haus hat und er seine Frau diszipliniert, indem er ihr den Hintern versohlt, wenn sie etwas falsch gemacht hat." Er lehnte sich zurück, zupfte an dem Henkel des Liegesessels, damit sich die Fußstütze hob, und trank einen Schluck Bier.

Die Männer schwiegen für einen Moment, dann begannen sie zu lachen und rissen noch mehr schmutzige Witze. Jack hob das Paddle vom Wohnzimmertisch und reichte es Mike lächelnd. „Hier, du wirst das hier brauchen."

Ich setzte mich wieder auf die Armlehne des Sessels erlaubte den Männern, sich gegenseitig auf die Schippe zu nehmen. Mike schien es egal zu sein, dass die ganzen Witze auf seine Kosten gingen. Ich kannte Mike, wusste, dass er sich niemals mit einer demütigen und unterwürfigen Frau niederlassen würde und dass dieses

Domestic Discipline Ding nicht wirklich sein Ding war. Er mochte Frauen zwar gerne den Hintern versohlen, um dem Ganzen mehr Würze zu verleihen, oder sich vielleicht als Alphamann aufführen, aber das war's auch schon. Warum er beschlossen hatte, seine wahren Sehnsüchte zu verbergen, verstand ich nicht, aber ich würde nicht allzu angestrengt darüber nachdenken. Seine Worte hatten jedoch den gewünschten Effekt. Er hatte das Eis gebrochen.

„Okay, also ich weiß jetzt, was ich für Mike zusammensuchen muss." Es war meine Aufgabe, über niemandes sexuelle Vorlieben Witze zu reißen, egal ob sie wahr waren oder nicht. Tatsächlich sollte ich ihnen dabei helfen, herauszufinden, was sie brauchten, um den Job erledigen zu können, so zu sagen. „Wer ist der nächste?"

Als niemand sprach, weil sie wahrscheinlich Angst hatten, sich wieder wie in der siebten Klasse zu fühlen und dass man auf ihnen herumhackte, weil sie anders waren, wurde deutlich, dass die Spannung zurück war. „Wie wäre es damit? Ihr Jungs holt euch mehr zu essen, während jeder von euch zu mir kommt und es mir unter vier Augen erzählt? Was ihr mir erzählt, wird vertraulich behandelt."

Die anderen schienen sich daraufhin zu entspannen. Mike führte alle zum Essen an der Bar. Joe, Arty, Tom, Rob und Colin kamen einer nach dem anderen zu mir und teilten mir ihre Interessen mit. Ich konnte verstehen, warum sie sie nicht vor der Gruppe hatten äußern wollen. Sie hatten definitiv kinky und verrückte Sehnsüchte. Ich machte mir im Kopf Notizen und versprach jedem eine tolle Geschenktasche für den nächsten Tag.

Jack kam als letzter zu mir. Ich bewunderte, wie sein Bizeps die kurzen Ärmel seines T-Shirts dehnte, wie sich seine Taille zu schmalen Hüften verjüngte. Ich wollte mit meiner Hand unter die Vorderseite seines Shirts fahren und herausfinden, wie hart seine Bauchmuskeln wirklich waren. Ich hegte die Vermutung, dass sie zur Waschbrettfraktion gehörten, aber ich wollte das selbst ertasten. Sie vielleicht sogar lecken.

Aus der Nähe konnte ich Linien um seine Augen erkennen, die ich zuvor nicht bemerkt hatte. Kopfschmerzen? Gehirnerschütterung? Er stand so nah bei mir, dass ich wieder seinen verlockenden Duft einatmen konnte. Ich versuchte, ihn zu identifizieren. Es war kein Aftershave. Das roch immer so aufdringlich und ekelhaft und wurde von Männern mit einer Menge Brusthaaren und Goldketten getragen. Seiner war anders. Männlich. Roch nach Wald. Sein Bart war sogar noch mehr gewachsen und die dunklen Stoppeln ließen ihn verwegen und gefährlich aussehen. Ich klang wie eine Liebesromanautorin, aber es stimmte. Ich wollte spüren, wie weich sie waren...zwischen meinen Schenkeln.

Gott, ich war besessen davon, dass er mich oral verwöhnte.

„Nette Party, Miller. Ich hatte keine Ahnung, dass du damit deinen

89

Lebensunterhalt verdienst. Ich hatte den seltsamen Eindruck gewonnen, dass du Klempnerin wärst." Jack steckte seine Hände in die Taschen seiner Jeans und heftete seine durchdringenden blauen Augen auf mich.

Ich hob bei seinem Ton eine Augenbraue. Er machte keine Witze. „Ich bin viel beschäftigt. Du hast heute Abend nicht viel geredet."

„Es gibt nicht viel zu sagen, wenn eine Frau, dir eifrig einen Penisring in den Schoß wirft." Eine Seite seines Mundes hob sich. „Nur damit du es weißt, ich brauche keinen von denen für mein Durchhaltevermögen. Und reden? Wird auch nicht gebraucht, außer um zu fragen: 'Wo willst du es? In deinem Mund oder – '"

„Das hättest du wohl gerne, Reid", unterbrach ich ihn und ließ ihn seinen obszönen und zugegebenermaßen sehr erotischen Satz nicht beenden. Meine *Oder* zog sich zusammen und wurde feucht.

Jack verströmte in Wellen heiße, männliche Pheromone. Sexuelle Chemie war zwischen uns kein Problem. Er hatte recht, vielleicht war es das Beste, wenn wir nicht redeten. Andere Dinge allerdings...

Jack verdrehte die Augen. „Schön, schön. Ich habe nicht viel gesagt, weil ich keine intimen Details ausplaudere."

Nö, aber Violet. „Wie sieht's mit deiner Geschenktüte aus?"

Jack hob eine Hand und steckte mir eine verirrte Haarsträhne hinter mein Ohr. Seine Fingerspitzen glitten über die empfindliche Haut dort und schickten ein Kribbeln durch meinen ganzen Körper. „Fragst du mich, was ich gerne im Bett mache?", flüsterte er, wobei sein warmer Atem über die Seite meines Halses strich.

Uiuiui. Ich fragte nicht nur, sondern stellte ihn mir auch im Bett vor. Mit mir. Und das beinhaltete fehlende Kleidung und eine ganze Menge –

„Ich mag es kinky", merkte er an, womit er wiederholte, was er mir erzählt hatte, als ich ihn vor der Notaufnahme abgesetzt hatte.

„Was betrachtest du als kinky, Jack?" Ich

fragte nicht, weil ich es wissen wollte. Nein. Auf keinen Fall. Ich machte nur meinen Job. Das war alles. Aber dennoch hörte ich auf zu atmen, während ich auf seine Antwort wartete. In meinem Gehirn wirbelten all die Möglichkeiten umher und aus irgendeinem dummen, verrückten Grund hoffte ich, dass er nicht auf Peitschen stand oder einen Tierfetisch hatte oder irgendetwas anderes Abgedrehtes bevorzugte, das mich dazu zwingen würde, ihn dauerhaft von meiner Fantasieliste zu streichen.

Jack glückste und drückte mir einen keuschen Kuss auf die Wange. „Warum füllst du meine Tüte nicht mit Spielzeugen, die dir gefallen würden und dann können wir das Ganze detaillierter besprechen?"

Seine Lippen waren die reine samtene Verführung auf meinem Gesicht und ich wollte mehr. Verdammt. Warum musste er so heiß sein und so ein heuchlerischer Mistkerl? „Nicht in diesem Leben, Jack. Du warst vor zehn Jahren mal gefragt."

Ich lief in die Küche, um mich bei Mike

zu bedanken und sah nicht zurück, da ich Angst hatte, Jack würde die Lüge in meinen Augen sehen. Ich war eine verflixte, schreckliche Lügnerin, denn mein Interesse an ihm war genau jetzt vorhanden. In dieser Minute.

KAPITEL 7

*I*m Verlauf des Abends hatte ich, bis auf die ersten Mut machenden Schlucke meines Gin und Tonics, keine Gelegenheit mehr, mich damit zu stärken. Durch Jacks Körper floss genug Bier – und höchstwahrscheinlich auch Schmerztabletten – dass er noch für etwas Männer-Zeit bei Mike bleiben wollte. Ich andererseits hatte um einundzwanzig Uhr dreißig genug. Mike hatte Jack – nur für die Nacht – sein Gästezimmer angeboten. Erleichtert, dass ich mich nicht mit ihm und seiner Überzeugung, ich würde auf kinky

Sex stehen, auseinandersetzen musste, schlüpfte ich aus dem Haus und machte mich auf den Weg nach Hause. Die gesamte Fahrt dachte ich über seinen Kommentar nach. Hatte Jack gesagt, dass er es gerne kinky mochte, weil er wirklich auf Kink stand? Oder hatte er es gesagt, weil er dachte, ich würde Kink mögen und er wollte mich? Ganz egal, was zutraf, mein Körper wollte ihn. Mein Gehirn *wollte* ihn nicht wollen, aber mein Körper gewann momentan den Kampf. Meine Nippel waren hart und ich musste meine Schenkel zusammenpressen, damit das Kribbeln in diesem Gebiet aufhörte, nur weil ich an den Mann dachte. Was meinen Slip betraf? Ruiniert.

Ich schlief lange trotz der zu harten Matratze und dem Licht, das durch Violets Schlafzimmerfenster drang. Ich war heute an der Reihe, den Laden aufzuschließen. Zum Glück für mich öffnete das Golidlocks an Sonntagen nicht vor dreizehn Uhr. Ich duschte schnell – ich wusste, dass mir der Boiler keine längere Dusche erlauben würde

– und streifte eine Jeans, einen pinken Rollkragenpullover und einen cremefarbenen Schal über. Ich band meine Haare zu einem Knoten nach oben, ließ einige Strähnen locker nach unten hängen und legte das übliche Makeup auf. Ich hüllte mich in all meine Kleiderschichten, entfernte den Neuschnee vom Van und wartete darauf, dass die Windschutzscheibe auftaute. Obwohl der Laden nur acht Blöcke entfernt war – ich hatte sie an einem verregneten Tag gezählt, als mein Dad den Van gehabt hatte und ich hatte laufen müssen – würde ich bei diesen eisigen Temperaturen auf keinen Fall laufen. Es war zu gefährlich und ich würde zu einem Eisklotz gefroren sein, bevor ich auch nur die Main Street erreichte.

Ich warf meine Handtasche auf den Beifahrersitz und sie landete auf George dem Gartenzwerg, Zachs kleinem Freund vom Garagenverkauf. Er war ungefähr dreißig Zentimeter groß und bestand aus hartem Keramik. Rote Jacke, Knopfaugen, blaue Zipfelmütze. Er starrte mich mit seinen

Knopfaugen an und besaß ein Lächeln, das viele verschiedene Dinge sagte. Genau jetzt sagte George, *Guten Morgen!* Ich schüttelte meinen Kopf und lächelte zurück. Ich hatte ganz vergessen, dass Jane Zachs Gartenzwerg vorbeibringen wollte, bevor sie die Stadt verließen. Er war jetzt offiziell mein Klempnerlehrling, zumindest bis sie zurückkehrten.

Das Golidlocks lag einen Block entfernt von der Main Street, direkt im Stadtzentrum. Ich parkte auf dem Parkplatz hinter dem Gebäude und stampfte durch die fünf Zentimeter Neuschnee, die nach Mitternacht gefallen waren. Es war ziemlich ruhig, niemand sonst lief draußen herum. Es war zu kalt. Es war mindestens eine Woche her, seit es über zehn Grad Fahrenheit gehabt hatte. Ich konnte mich nicht daran erinnern, wann die Temperaturen das letzte Mal den Gefrierpunkt überstiegen hatten. Wahrscheinlich vor Thanksgiving. Während ich den Schlüssel ins Schloss fummelte, bemerkte ich, dass eine Frau im Türeingang des Restaurants auf der anderen Straßenseite stand. Sie hatte sich dort zusammengekauert, ihr war eindeutig kalt und unbehaglich zumute. Sie hielt einen Wegwerfkaffeebecher in ihren Händen. Eine Hand steckte in einem Handschuh und die andere war verbunden, als wäre sie verletzt worden.

Sie war klein, Mitte vierzig, trug dunkle Hosen, Winterstiefel und eine pinke Daunenjacke. Ihre Haare wurden von einem dieser Fleecestirnbänder, die die Ohren bedeckten, zurückgehalten. Lange, blonde Haarsträhnen wurden ihr von dem Wind, der den Schnee gebracht hatte, ins Gesicht geweht. Obwohl sie auf der anderen Straßenseite stand, konnte ich erkennen, dass sie mich anstarrte, nein mich förmlich mit Blicken durchbohrte.

Ich zog die getönte Glastür hinter mir zu und freute mich über die trockene Wärme des veralteten Heizungssystems des Gebäudes. Am Tag zuvor hatte mir Goldie erzählt, dass jemand wegen mir vorbeigekommen wäre, dass sie klein und blond wäre und eine bandagierte Hand hätte. War das die gleiche Frau? Ich hatte nicht vor, zurück in die Kälte zu gehen und es herauszufinden. Wenn sie etwas von mir wollte, dann wusste sie jetzt, wo ich war.

Ich schaltete die Deckenlichter an und begann den Öffnungsprozess. Beleuchtung unter der Theke, Kasse, Geöffnet-Schild. Ich stopfte meine Mütze und Handschuhe in meine Jackentasche und hängte sie an den Haken hinter der Tür des Lagerraums.

Der Nachmittag war ruhig, da es Sonntag und kalt war. Es war die perfekte Zeit, um zu Hause zu bleiben und Sex zu haben und alle waren wahrscheinlich zufrieden damit, mit den Sexspielzeugen Vorlieb zu nehmen, die sie bereits besaßen, bis es etwas wärmer wurde. Ein paar Kunden waren gekommen, um Videos zurückzugeben, aber ich verbrachte den Großteil des Nachmittags damit, die Geschenktüten für Mike zusammenzustellen. Jacks Tüte war eine Herausforderung, insbesondere nach dem

Penisringfiasko und der Tatsache, dass er mir keine Hinweise gegeben hatte.

Ich zog in Erwägung, mich zu rächen und konnte mich gerade so davon abhalten, ein paar Männer-Lederchaps, einen Umschnalldildo und einen Prostatavibrator hineinzuwerfen. Dann hätte er nur noch mehr Möglichkeiten, um mich aufzuziehen, weshalb ich mich letzten Endes für die sichere, harmlose Auswahl entschied und hoffte, er würde das Kink-Thema endlich fallen lassen. Erdbeermassageöl, eine Augenbinde und Handschellen, ein Penisring – ich hatte noch genug Mut, um den reinzuwerfen – und eine Feder. Und nein, ich stellte mir gar nicht vor, dass er irgendeines dieser Spielzeuge im Bett mit mir ausprobierte.

Goldie wirbelte wie ein Wintersturm herein, viel kalte Luft und Chaos. Gänsehaut bildete sich wegen dem Wind, der ihr durch die Tür folgte, auf meinen Armen.

„Tut mir leid, dass ich zu spät bin", entschuldigte sie sich, während sie einen hellblauen Schal von ihrem Hals wickelte. Darunter trug sie einen knallpinken Sweater, der einen Großteil ihres Dekolletés zeigte, schwarze, dehnbare Hosen und ein Paar schwarzer Clogs. „Ich habe diesen Liebesroman gelesen, du weißt schon, einen von diesen Nackenbeißern, und habe die Zeit völlig vergessen. Ich war gerade mitten in einer Sexszene", sie schob ihre aufgebauschten Haare wieder an Ort und Stelle, „als ich hätte gehen sollen. Aber ich bin niemand, der einfach bei gutem Sex aufhört." Sie schüttelte ihren Kopf. „Oh nein."

„Kein Problem", erwiderte ich, da ich nicht wollte, dass sich dieses Gespräch um Goldies Sexleben drehte. „Wie heißt das Buch?"

Goldie kehrte zurück, nachdem sie ihren Mantel aufgehängt hatte. *„Wollüstige Wüstlinge."*

Ich versuchte mir die Umschlaggestaltung des Buches vorzustellen. Nackenbeißer kam mir da definitiv in den Sinn.

„Ich werde es dir mitbringen, wenn ich damit fertig bin. Aber ich sage dir", Goldie sah hoch, als eine Kundin hereinkam, „Sagen Sie mir Bescheid, wenn Sie irgendetwas brauchen!", und sah dann wieder mich an, „wir könnten einen guten Liebesroman schreiben. Zur Hölle, wir sind die Königinnen der Romantik."

Ich gluckste, während ich eine Auswahl einzelner Kondome in die verschiedenen Geschenktüten warf, die ich am Nebentisch aufgereiht hatte. „Königinnen der Romantik?", fragte ich. „Du vielleicht. Du bist seit Ewigkeiten verheiratet."

Goldie wiegte ihren Kopf nachdenklich von links nach rechts. „Na schön, dann eben Königinnen des Sex."

Ich fand die Kondome, die im Dunkeln leuchten, und öffnete eine Schachtel. „Wir reden doch nur und lassen keine Taten folgen."

Goldie sah mich von oben herab an. „Sprich nur für dich."

„Na schön. *Ich* rede nur und lasse keine

Taten folgen. Zumindest nicht in letzter Zeit", das Letzte grummelte ich vor mich hin.

„Ist es nicht genau das, was Liebesromanschreiben ausmacht? Nur das Reden? Es heißt nicht, dass man es auch tun muss."

Wahr. Sie hatte recht. Es war Fiktion. Es war kein Porno wie die, die die Regale hinter mir füllten. Bücher waren Wunschdenken – im Vergleich zu dem „echten" Wunschdenken-Sex in Pornos.

„Du meinst, wir sollten einen Liebesroman schreiben?" Ich war mir nicht sicher, ob Goldies Idee gut oder schlecht war oder worauf sie damit hinauswollte.

Die Kundin brachte eine Packung Kerzen in Penisform zur Kasse.

„Geburtstag?", fragte Goldie, als sie den Einkauf abkassierte.

Die Frau Mitte zwanzig nickte. „Ein Freund von mir hat sich vor einem Monat geoutet. Daher dachten sein Partner und ich, dass das hier ein Spaß wäre."

In der Plastiktüte mussten mindestens dreißig Kerzen sein.

„Fackeln Sie das Haus nicht ab", meinte Goldie.

Die Frau lachte, bedankte sich und ging.

„Ich denke, es könnte Spaß machen."

Ich hatte die Dinge für Artys Geschenktüte bereits zusammengestellt und warf noch einige Kondome hinein, die sich zu dem Fingerspitzenvibrator, den ich vorgeführt hatte, dem Körperöl mit Pfirsichduft und einem Zimmermädchenkostüm in der kleinsten Größe, gesellten. „Was, die Witz-Kerzen?" Ich hatte vergessen, worüber wir geredet hatten.

„Nein, der Liebesroman."

„Oh, richtig."

Goldie ging, um die Auswahl an Handschellen neu zu arrangieren. „Jede von uns sollte einen schreiben! Das würde die kalten Winternächte wirklich aufheizen."

Ich konnte mir bessere Dinge vorstellen,

um meine Nächte aufzuheizen und das waren nicht Stift und Papier. Es war –

Jack. Der durch die Tür lief.

„Jack Reid! Wie er leibt und lebt", rief Goldie, während sie die BDSM-Auslage umrundete, um ihn in eine große Goldie Umarmung zu ziehen. Erdrückend und auf seltsame Weise tröstend zur gleichen Zeit.

Er musste in Violets Haus gewesen sein, da er frisch geduscht und rasiert aussah. Ich musste zugeben, die Bartstoppeln gestern Abend waren irgendwie heiß gewesen. Anscheinend entfachte alles, was er tat, meine Libido. Allein, dass er atmete, reichte bei mir schon aus. Er zog dieselbe graue Mütze, die er gestern getragen hatte, vom Kopf, wodurch er seine dicken schwarzen Haare entblößte. Haare, von denen ich geträumt hatte, mit meinen Fingern hindurchzufahren. Bis zu diesem Tag wusste ich nicht, wie sie sich anfühlten. Ich schätzte seidig und weich und...wundervoll. Ich könnte allerdings einfach Violet fragen, um es zu erfahren, dachte ich nach wie vor verbittert.

Heute trug er die gleiche schwarze Jacke wie gestern, die er bis nach oben unter sein Kinn zugezogen hatte. Er hatte Jeans an. Auch diese waren gut getragen, schmiegten sich gerade richtig an seinen Po und waren an den Knien leicht zerschlissen. Die gleichen Schuhe.

Jack sah über Goldies Schulter zu mir. Heute hatten seine Augen, auch wenn sie noch genauso blau waren, nicht diesen harten Glanz wie gestern. Sie waren jetzt weicher, mehr wie das Blau eines tropischen Meeres anstatt eines gefrorenen Gletschers. Wahrscheinlich waren die Kopfschmerzen verschwunden.

„Miss Goldie, Sie sehen immer noch genauso aus", sagte Jack, nachdem er aus ihrer Umarmung entlassen worden war.

„Eine Frau lehnt nie ein Kompliment ab." Goldie strahlte stolz und tätschelte ihre aufgebauschten Haare. „Wie ist es dir in den letzten Jahren ergangen?" Sie musterte Jack, als würde er unter einem Mikroskop liegen.

Goldie liebte es, alle über ihr Leben auszufragen. Jack verzog weder das Gesicht bei ihrer Frage noch geriet er in Panik. Noch nicht. Wenn er wüsste, was noch kommen würde, würde er die Beine in die Hand nehmen. Ich blieb hinter der Theke und tat so, als würde ich die kostenlosen Kondome in die kleinen Körbe neben der Kasse füllen.

Jack stopfte seine Mütze in seine Jacke und schob dann seine Hände in seine Jeanstaschen. „Mir ist es gut ergangen. Einfach gut."

Oh, das würde super werden. Jack hatte sich seit langer, langer Zeit nicht mehr in Goldies Gegenwart aufgehalten. Sie war besser im Kreuzverhör als die meisten Anwälte – und Jack war einer. Er hatte keine Chance.

„Dein Onkel hat mir erzählt, du wärst Anwalt."

Jack nickte. „Ja, Ma'am, das bin ich. Scheidungsanwalt in Miami."

„Das erklärt die Bräune! Verheiratet?"

„Nein."

„Geschieden?"

„Nein."

„Freundin?"

Jack lächelte, da ihm endlich ein Licht aufging. „Im Moment nicht, nein."

Goldie betrachtete Jack von oben bis unten. „Freund?"

Jetzt lachte Jack. „Nein."

Sich zu mir wendend, warf mir Goldie einen Blick mit gehobenen Augenbrauen zu, einen, von dem ich ausging, dass er bedeutete: *attraktiver Single im Raum!*

Sie richtete ihre Aufmerksamkeit wieder auf Jack. „Hast du sie nicht befriedigt? Bist du deswegen hier? Um meinen Rat einzuholen?"

Jack starrte Goldie für eine Minute nur an, seine Wangen röteten sich. Ich konnte tatsächlich sehen, dass er nervös von einem Schuh auf den anderen trat.

„Ähm, nein."

Goldie nickte. „Okay, also hast du sie befriedigt?"

Jack hielt eine Hand hoch, um sie zu stoppen. „Nein, ich meine, ja. Wen?" Er kratzte sich am Ohr, eindeutig verwirrt.

„Deine letzte Freundin. Das ist der Grund, warum sie dich verlassen hat", erwiderte Goldie.

„Ich habe keine Probleme damit, Frauen zu befriedigen", entgegnete Jack selbstbewusst. Sein männliches Ego war offensichtlich intakt.

KAPITEL 8

Goldie warf mir wieder einen Blick zu. *Hast du gehört, er ist gut darin, eine Frau zu befriedigen!*

Ich spürte die Hitze von Jacks Worten bis in meine Mumu. In meinem Kopf bestand kein Zweifel, dass er wusste, wie man eine Frau befriedigte. Wenn ich mit der Chemie zwischen uns recht hatte, würde er mich wahrscheinlich bis zur Bewusstlosigkeit befriedigen.

„Dann stimmt etwas mit *dir* nicht", verkündete Goldie.

Jack sah zu mir. Seine Augen blickten mich flehentlich an. „Miller."

Ich liebte den bettelnden Tonfall seiner Stimme, aber ich hasste es, wenn er mich Miller nannte. Er kannte meinen Vornamen und sollte ihn auch verwenden. Ich lächelte süßlich.

„Ja?" Das machte Spaß. Ich hob meinen Kaffee hoch und trank einen Schluck.

„Oh, also hast du Probleme damit, Veronica zu befriedigen? Ihr zwei kommt ja wirklich schnell zur Sache. Warum suchst du dir nicht etwas aus, das die Dinge interessanter gestalten könnte? Geht aufs Haus."

Ich verschluckte mich an meinem Kaffee und verteilte ihn über die Theke. „Oh Scheiße", flüsterte ich.

Jack trat einen Schritt zurück von Goldie, vielleicht dachte er, er könnte so aus der Reichweite ihrer verbalen Geschosse gelangen. „Miss Goldie..."

Ich sah kurz zu Jack. Er sah nicht glücklich aus. Das war in Ordnung für mich.

Zeit, die Daumenschrauben noch etwas fester zu drehen. „Er muss nichts aussuchen", erzählte ich Goldie. „Auf Jack wartet hier eine Geschenktüte von der Party gestern Abend." Ich tätschelte die oberste der braunen Tüten. „Er hat mir erzählt, dass er auf Kink steht." Na bitte!

Wenn Blicke töten könnten, wäre ich jetzt tot. Glücklicherweise war Jack nicht die Art Person, die in einem Erotikladen einen Mord beging. Ich war in Sicherheit, für den Moment.

Goldie wandte sich wieder Jack zu. „Wirklich?" Das Gespräch nahm eine Richtung an, die sie aufmerken ließ wie einen Irischen Setter, der eine Hasen gewittert hatte.

Jack hielt für einen Moment inne, warf mir einen finsteren Blick zu und trat dann zu Goldie, beugte sich nah zu ihr. Sie neigte ihren Kopf nach oben, erpicht zu hören, was auch immer er zu sagen hatte. „Nun, ich habe dir doch gesagt, dass ich weiß, wie man eine Frau befriedigt." Jack zwinkerte Goldie zu.

„Ich bin normalerweise niemand, der aus dem Nähkästchen plaudert, aber wir sind hier ja unter uns, also schätze ich, dass es okay ist."

Goldie nickte.

„Ich weiß, wie gern – aus eigener Erfahrung – Veronica ein Paddle an einem Kerl verwendet."

Was? Er verdrehte alles. Machte eine Hausinvasions-Situation zu einer Sexkapade.

„Reid", sagte ich wütend.

Goldie schwenkte ihren Kopf wie eine Eule in meine Richtung, da sie nun die Geschichte infrage stellte, die ich ihr am Tag zuvor darüber erzählt hatte, dass ich ihn K.O. geschlagen hatte. Ich sah sie böse an und forderte sie stumm heraus, ihm anstatt mir zu glauben.

„Also dachte ich", fuhr Jack fort. „wenn es sie glücklich macht, sollte ich eine Tüte mit Spielzeugen wählen, die uns beide befriedigen können. Du weißt schon, was ich meine, nicht wahr, Miss Goldie?"

Goldie nickte wieder. Es war, als hätte

Jack ihr Feenstaub ins Gesicht geworfen. Sie hing ihm an den Lippen. Ich wusste, was ich ihm ins Gesicht werfen wollte.

„Wenn die Frau auf Kink steht, dann stehe ich auch auf Kink. Richtig, Miller?"

„Herrgott", brummelte ich. Er reizte mich, aber ich würde nicht darauf eingehen.

Jack richtete sich wieder auf, lächelte. „Nun aber, Miller, ich wusste nicht, dass du religiös bist", sagte er ganz liebenswürdig und spitzbübisch. „Oder hast du nur an unsere gemeinsame Zeit gestern gedacht? Wenn ich mich richtig erinnere", er kratzte sich am Hinterkopf, wo ich ihn geschlagen hatte, „erinnere ich mich daran, dass du gesagt hast: Jack, Jack!" Den letzten Teil sprach er im Sopran aus.

Goldies Mund klappte auf. Sie schloss ihn schnell mit einem Klacken ihrer perfekten Zähne. „Keine Sorge. Ich urteile nicht. Wenn es dir und Veronica kinky gefällt, dann ist das für mich in Ordnung. Ich werde euch eine Schachtel Spielzeuge zum Haus schicken. Also was führt dich zurück nach Bozeman?"

Goldies schneller Themenwechsel konnte einem regelrecht ein Schleudertrauma verpassen. Ich verarbeitete immer noch Jacks verleumderische Worte und wie sehr ich mir wünschte, wieder das Paddle in der Hand zu halten.

Jack zwinkerte mir zu, bevor er antwortete: „Ähm...mein Onkel hat mir erzählt, er sei krank, zu krank, um seine Renovierung zu beenden. So wie er am Telefon klang, habe ich mir Sorgen gemacht. Ich hatte ein paar Tage frei, weshalb ich beschloss, hierherzukommen und nach ihm zu schauen."

Goldie kicherte und stieß einen manikürten Finger gegen Jacks Brust. „Hat er eine Menge gehustet, hat atemlos und schwach geklungen?"

Jack kratzte sich am Kopf, eindeutig beschämt, dass er sich von einem alten Knacker wie seinem Onkel hatte übers Ohr hauen lassen.

„Er hat dich drangekriegt, oder?"

Jack presste die Lippen für einen Moment zusammen. „Ich schätze, das hat er. Wie hat er es gemacht? Ist er vor dem Anruf ein paar Mal die Treppe hoch und runter gerannt? Der Mann ist wie einer dieser batteriebetriebenen Spielzeuge. Er läuft und läuft."

„Klingt ganz nach ihm!"

„Arizona scheint Wunder bei seiner Gesundheit zu vollbringen", erwiderte Jack sarkastisch. Er hatte sich sichtlich entspannt, nachdem der Sexteil der Konversation vorbei war. „Allerdings kann ich für die Renovierung nicht das Gleiche sagen."

„Nun, ich bin mir sicher, wenn sich die Arbeiter morgen alle wieder dem Projekt widmen", Goldie warf mir einen verschmitzten Blick zu, „werden die Dinge wieder in Schwung kommen."

„Hoffentlich hat er keine schlampigen Arbeiter für das Projekt engagiert. Es muss fertig werden. Ich muss so schnell wie möglich nach Miami zurückkehren."

Schlampige Arbeiter! Ha! Kink! Ha! Ich würde den Mann töten. Es war nur noch eine Frage des wann und wie.

„Oh?", fragte Goldie.

„Ja, oh?", ahmte ich sie nach.

Das kalte Glitzern kehrte in Jacks Augen zurück. Ein Blick, der mir verriet, dass in Miami mehr als Sonnenbaden und Bootfahren vor sich ging. „Lasst uns einfach sagen, es gibt einige Dinge auf der Arbeit, um die ich mich kümmern muss."

„Aaalles klar. Womit können wir dir heute helfen?" Goldie wusste immer, wann sie mit ihrer Befragung aufhören musste.

„Ich bin nur hier, um die Tüten, die Mike auf seiner Party bestellt hat, abzuholen." Jack sah zu mir.

„Richtig." Ich brachte die Taschen zur Theke. „Ich dachte Mike, würde sie abholen."

„Das dachte ich auch", erwiderte Jack, während er in die verschiedenen Tüten spähte. „Scheiße", flüsterte er, als er einen Blick in eine geworfen hatte. Offensichtlich wollte er nichts über die erotischen Details aus dem Leben seiner Freunde wissen. „Mike wurde zu einer OP gerufen."

„Du wirst all diese Taschen voller Sexspielzeuge zu Violets Haus tragen – bei diesem Wetter?" Goldie deutete auf Jacks Kleidung. „In dieser Jacke?"

„Ich komme schon klar, Miss Goldie."

„Veronica wird dich hinbringen."

„Was?", schrie ich förmlich. „Auf keinen Fall." Er hatte Goldie mehr oder weniger erzählt, dass ich auf SM stünde und er erwartete, dass ich ihn fahren würde!

Goldie sah mich an.

„Veronica wird dich hinbringen", wiederholte sie, wobei sie ihre Worte in einem Ton aussprach, der keine Widerrede zuließ. „Geh zuerst mit ihm shoppen und besorg ihm ordentliche Winterklamotten. Wir können nicht zulassen, dass sich ein Mann zu Tode friert. Zumindest nicht, bevor er dich befriedigt." Sie lachte über ihren eigenen Witz.

Ich zählte bis zehn. Den Auftrag von Jacks Onkel zu beenden, würde mir nicht nur das Geld einbringen, das ich benötigte, um meinen Dad auszubezahlen, sondern es bedeutete auch, dass Jack in ein Flugzeug nach Florida steigen würde. Je eher ich den Job erledigte, desto eher würde er aus dem Staat verschwinden, aus der Zeitzone, aus meinem Leben. Ich musste mich dem Mann gegenüber zivilisiert benehmen, bis er über den blauen Himmel davonflog. „Hier, würdest du so freundlich sein, ein paar von denen zu nehmen?" Ich drückte ihm zwei der Taschen in die Hände. Ich musste ihn zwar fahren, aber ich musste es nicht mögen.

„Was hast du in Mikes Tüte gepackt? Ich kann mir nicht vorstellen, was er außer dem Paddle, das du ihm überlassen hast, für Domestic Discipline noch brauchen könnte."

„Domestic Discipline? Mike? Ich denke, da hat er sich einen Scherz erlaubt", meinte Goldie. „Ich habe davon gehört, aber ich muss es im Internet nachschauen." Goldie trat hinter die Theke und hämmerte auf den Laptop neben der Kasse ein. Wir benutzten ihn häufig, wenn jemand nach einem besonderen Gegenstand – oder Fetisch – suchte. „Muss schließlich auf dem Laufenden bleiben", erklärte sie Jack.

„Ruf Mike an, er kann dir alles darüber erzählen", riet ihr Jack.

Ich bezweifelte, dass das stimmte, aber es lenkte Goldie von Gedanken an mich und Jack ab. „Während du das machst, machen wir uns mal auf den Weg", informierte ich Goldie. Ich wollte das schnell hinter mich bringen.

„Habt Spaß ihr zwei! Oh, und Veronica, vergiss das Schreiben nicht, über das wir geredet haben."

Ojemine.

Als wir endlich draußen waren, fluchte Jack unterdrückt. „Es ist arschkalt."

Die kleinen Haare in meiner Nase gefroren in der Kälte. Ich sah über die Straße zu dem Schild neben der Bank, das die Uhrzeit und Temperatur anzeigte. Die Anzeige verkündete minus fünf Grad Fahrenheit. Obwohl die Sonne schien. Es *war* arschkalt, aber in meiner Mütze,

Handschuhen, langem, dicken Mantel und noch dickerem Schal war mir warm genug. Ich bezweifelte allerdings nicht, dass Jack die eisige Luft klar und deutlich spürte.

Unter dem Schild bei der Bank stand die gleiche Frau von vorhin. Pinke Jacke, bandagierte Hand, eisiges Starren. „Hey, siehst du die Frau da drüben?" Ich deutete mit meinem Kopf in ihre Richtung.

Jack drehte sich um und sah zu ihr. „Ja."

„Ich glaube, sie folgt mir."

Okay, das klang dämlich. Ich war keine Drogendealerin, die von der Rauschgiftbehörde verfolgt wurde. Ich war eine Kleinstadt-Klempnerin, die draußen stand und sich den Arsch abfror. Welche Person wäre so dumm, eine Beobachtung in einem solchen Wetter durchzuführen oder jemanden zu stalken?

„Werd vernünftig, Miller."

„Miller?" Ich sah ihn böse an. „Miller? Mein *Name* ist Veronica. Benutz ihn."

Er hielt seine Hände hoch, trotz der Tüten und allem. „Whoa, beruhig dich."

„Ich werde mich nicht *beruhigen*. Du warst ein absolutes Arsch mir gegenüber, seit du hierhergekommen bist."

„Du warst auch nicht gerade freundlich. Da gab es beispielsweise diesen kleinen Schlag-Auf-Den-Kopf-Vorfall", er deutete auf seine Rübe.

„Du verhältst dich wie ein Idiot, weil ich mich verteidigt habe?"

„Nein. Ich verhalte mich wie ein Idiot, weil ich nicht gerne für dumm verkauft werde."

Wovon zur Hölle redete er? „Für dumm verkauft?"

„Vergiss es, *Veronica*."

Er wühlte in seiner Jackentasche und zog ein paar Schlüssel heraus. Er drückte auf den Knopf und ein Auto in der Nähe piepste. Er lief zu dem Geräusch, höchstwahrscheinlich begierig, in die beheizten Autositze eines Mietwagens zu sinken und die Heizung auf volle Pulle zu schalten.

„Du hast gesagt, du wärst gelaufen." Unser Atem kam in kleinen weißen

Wölkchen. Kälte brannte auf meinen Wangen. Die Straßen waren bis auf einen Streuwagen der Stadt, der mit brummendem Diesel vorbeifuhr, während er Sand auf die Kreuzung streute, leer.

„Nein, *Goldie* hat gesagt, ich wäre gelaufen." Sein Mundwinkel hob sich.

Ich konnte nicht anders, als ebenfalls zu lächeln. „Gute Arbeit. Ich bin beeindruckt. Nicht viele können Goldie überlisten."

„Ja, aber jetzt habe ich dich am Hals."

Was für ein Arsch! Mich am Hals? Ich stieß ihm die Taschen, die ich getragen hatte, gegen die Brust. Er packte sie mit einem Umpf. Seine Hände hielten den Rest der Tüten, weshalb er nun zu kämpfen hatte, die ganze Ladung auszubalancieren, damit sie nicht auf den schneebedeckten Boden fiel.

„Nein, hast du nicht. Ich habe ein Date mit George", entgegnete ich. Diese irrsinnige Aussage war mir gerade in den Sinn gekommen. Wut brachte mich dazu, verrückte Dinge zu tun.

„Date?" Jack sah mich mit hochgezogenen

Augenbrauen an.

„Ja, ein Date. Großer Kerl, Bart." Ich versuchte nicht zu lachen, während ich Zachs Keramikzwerg im Van beschrieb. „Bis später, *Reid*." Ich kehrte ihm den Rücken zu und stolzierte davon, so selbstbewusst wie es ein verschneiter Gehweg zuließ. Nachdem ich in meinen Van gestiegen und die Heizung voll aufgedreht hatte, dachte ich über meine Optionen nach. Ich konnte nicht zurück zur Arbeit gehen. Goldie würde mich nur anschreien, dass ich unhöflich zu einem Mann gewesen war, der kinky Sex mit mir haben wollte, und ihn allein in der eisigen Kälte zurückgelassen hatte. Ich könnte zum Haus von Jacks Onkel gehen und dort einige Arbeiten erledigen, aber es würde schon bald dunkel werden und es gab keinen Strom. Ich könnte zu Violets Haus gehen, ins Bett schlüpfen und mir die Decke über den Kopf ziehen. Die Idee erschien mir am reizvollsten. Aber ich konnte das nicht sofort tun. Ich musste zuerst etwas Zeit totschlagen, nur für den Fall, dass Jack dort aufkreuzte. Ich musste mindestens zwei Stunden auf meinem 'Date' verbringen.

Als ich den Gang des Vans einlegte, wusste ich, wo ich hingehen musste – die Bücherei, um ein paar Nackenbeißer Liebesromane zur Inspiration für dieses Buch zu lesen, von dem Goldie erwartete, dass ich es schrieb. Es war ein bisschen traurig, dass ich keine lebensechte Inspiration hatte, die ich verwenden konnte. Ich hatte Jack als Mitbewohner und das könnte rein theoretisch interessantes Buchmaterial ergeben. Aber ich wollte den Mann umbringen. Trotzdem wollte ich ihn küssen. Obwohl er ein Vollidiot war, der mit meiner Schwester geschlafen hatte, der Goldie erzählt hatte, dass ich auf Kink stünde, der mich dazu zwingen würde, seine Krankenhausrechnung zu bezahlen und dachte ich wäre eine schlampige Arbeiterin, war er immer noch heiß genug, um ihn zu küssen. Ich würde ihn küssen und *dann* töten. Vielleicht musste ich das Genre zu wahren Kriminalfällen wechseln.

KAPITEL NEUN

*N*ach der Bücherei ging ich nach Hause und zog glücklich meine Schlafanzughose aus Fleece mit blauen Schneeflocken darauf an, sowie einen alten MSU Sweatshirt und ein dickes Paar Wollsocken. Ich band meine Haare zu einem unordentlichen Pferdeschwanz zurück. Anschließend warf ich meine schmutzigen Kleider in die Richtung des Wäschekorbs. Da sich Violets Waschmaschine und Trockner in dem gruseligen, dunklen Keller befanden, hatte ich es mit sauberen Klamotten nicht ganz so eilig.

Es wurde früh dunkel, weshalb ich es mir gemütlich machte und mich warm einkuschelte. Ich wärmte Essensreste auf, die mir meine Mom neulich mitgegeben hatte und aß sie stehend an der Theke, während ich nebenbei einen Klempnerausrüstungskatalog durchblätterte. Nachdem

Abwasch krabbelte ich ins Bett, schaltete die elektrische Decke auf zehn, schüttelte meine Kissen aus und kuschelte mich mit meiner Nachforschungs-Literatur unter die Decken. Sollte ich *Der Teuflische Duke*, *Feuchte Schlüpfer*, *Kein Höschen Heinrich* oder *Stürmische Leidenschaft* lesen?

Ich hatte gerade das vierte Kapitel von *Stürmische Leidenschaft* gelesen, als plötzlich der Teufel los war.

Bumm!

Ich machte einen Satz und mein Herz sprang mir bei dem lauten Geräusch direkt in die Kehle, wodurch die Büchereibücher über das Bett rutschten und auf den Boden klatschten. Eine Autoalarmanlage ging los.

Bumm! Bumm!

Ich schoss aus dem Bett und sprintete zur Eingangstür. Schlüsselklirren und Gefluche erklangen auf der anderen Seite. Ich drehte das Schloss herum und riss die Tür auf, wodurch Jack praktisch ins Wohnzimmer fiel.

„Duck dich! Irgendein Irrer schießt auf

mich!"

Er schlug die Tür mit seiner Schulter zu, dann drückte er mich nach unten, sodass er auf mir lag. Ich lag auf meinem Rücken, zwischen einem kalten, aber sehr muskulösen Mann und einem kalten und sehr harten Boden.

Bumm!

„Siehst du?"

Jack besaß den wilden Blick einer Person, die gut mit Panik umging. Relativ gut zumindest. Seine Pupillen waren vergrößert, sein Kiefer fest zusammengepresst.

Sein Atem war warm, seine Brust fest, sein Bein zwischen meine gedrückt, wobei sein Schenkel mich an all den richtigen Stellen berührte. Mir wurde schnell warm, vor allem als er sich bewegte und gegen die eine Stelle stieß, die mich so gut fühlen ließen.

„Das ist der alte Mr. Chalmers", keuchte ich in dem Versuch, ihn zu beruhigen und mich davon abzuhalten, mich auf unsere kompromittierende Position oder die sehr große Beule, die sich an meinen Bauch drückte, zu konzentrieren.

„Wer?", fragte er. „Wer zur Hölle ist das?"

Ich drückte gegen seine Brust und er rollte sich von mir. Ich spürte, wie sich meine Nippel zusammenzogen, als ob sie sich danach sehnten, dass Jacks Körper sich an sie presste. Seufzend stand ich auf, aber Jack riss an meinem Handgelenk, um mich wieder nach unten zu ziehen. Seine Hand war eiskalt.

Ich sah ihn an und versuchte, ihn zu beruhigen, dass wir nicht unter Beschuss standen. „Er wohnt auf der anderen Straßenseite. Es ist okay. Er hat nur Vogelfutter in seiner Schrotflinte geladen."

„Nur Vogelfutter", wiederholte Jack. Er erhob sich zögerlich und spähte durch die vorderen Fenster in die Dunkelheit. Bumm! Jack duckte sich wieder.

„Warum schießt er auf mich?" Er fuhr sich mit einer Hand übers Gesicht und holte tief Luft. „Wie zur Hölle stoppt man ihn?"

Ich tätschelte Jacks Hand. „Entspann dich

Reid. Ich werde mit ihm reden." Ich genoss es doch tatsächlich, ihn Reid zu nennen. Es war eine offensichtliche Stichelei meinerseits, in etwa als würde ich einen Bären im Winterschlaf ärgern, aber da war mehr an Jack, als er zeigte. Goldie hatte ihm ein Stück seiner Lebensgeschichte entlockt, aber nicht genug. Vielleicht würde er sich öffnen, wenn ich ihn nur genug reizte.

"Oh nein, das wirst du nicht!"

Jacks Fürsorge war sehr liebenswert – vor allem wenn er auf mir lag – aber unnötig. Ich ging zur Tür, zog sie ein Stück auf und rief nach draußen. "Mr. Chalmers, ich bin es, Veronica!"

"Veronica?", hörte ich Mr. Chalmers von der anderen Straßenseite zurückbrüllen. Er stand mit großer Wahrscheinlichkeit in seinen langen Unterhosen auf der Veranda. Es war zu dunkel, um viel erkennen zu können.

"Ja, Mr. Chalmers. Alles ist in Ordnung!"

"Ich sah einen *Mann* in das Haus gehen."

Ich schaute zu Jack und hob eine

Augenbraue. „Siehst du?"

Jack kratzte sich am Hinterkopf, eine Geste, die er immer zu machen schien, wenn er frustriert war. „Nein, ich seh verdammt nochmal gar nichts."

„Er ist verrückt", erwiderte ich, während ich mit meinem Finger neben meinem Ohr kreiste.

Jack sah mich an, als wäre *ich* verrückt. „Dessen bin ich mir bewusst. Erzähl mir etwas, das ich nicht weiß."

„Warte kurz", sagte ich zu Jack. „Mr. Chalmers, das ist nur Jack Reid, Owen Reids Neffe!"

Schweigen, dann: „Owen Reids Neffe?"

Ich öffnete die Tür vollständig und trat auf die Veranda, wobei ich meine Arme um mich schlang, um die Wärme bei mir zu behalten. Die bitterkalte Luft traf meine Wangen. Ich zog die Kapuze meines Sweatshirts über meinen Kopf. Kälte drang durch meine Wollsocken. Ich trat vom einen Fuß auf den anderen, um sie zu wärmen. „Mr. Chalmers, es ist zu kalt, um draußen zu stehen. Alles ist in Ordnung. Danke, dass sie auf mich aufpassen. Ich werde bei Jack Reid in Sicherheit sein."

Ich war mir dessen nicht so sicher. Da ihm nun nicht nur der Schädel eingeschlagen, sondern auch noch auf ihn geschossen worden war, war er vielleicht doch ein bisschen gefährlich. Und weil ich nun wusste, wie es sich anfühlte, unter ihm zu liegen, während sich unsere Körper perfekt aneinander schmiegten für eine Vielzahl versauter Dinge, war ich mir mit gar nichts mehr sicher.

„Okay", schrie der alte Mr. Chalmers zurück. „Ich werde am Morgen nach dir sehen."

Ich winkte in die Dunkelheit, dann ging ich nach drinnen und schloss die Tür, dankbar für die Wärme.

Jack stand nach wie vor dort, wo ich ihn zurückgelassen hatte und schüttelte seinen Kopf, höchstwahrscheinlich ungläubig. „Hast du irgendwas zum Trinken?"

„Bier ist im Kühlschrank." Ich zog die

Kapuze runter und rieb meine Hände aneinander. Bier mochte zu so einer Zeit zwar gut sein, aber mir war kalt. Und das verlangte nach heißer Schokolade. Also ging ich zu Jack in die Küche.

Jack lehnte mit einer Hüfte an der Theke und trank einen Schluck Bier aus der Flasche. Er trug eine dicke Jacke und Winterstiefel. Jemand musste shoppen gewesen sein.

„Erkläre", forderte er mich auf.

Ich goss Milch in eine Tasse und stellte sie in die Mikrowelle zum Aufwärmen. „Erinnerst du dich nicht an den alten Mr. Chalmers?" Ich dachte für einen Moment nach. „Nein, das kannst du nicht. Du hast nicht im Stadtzentrum gewohnt."

Jack hatte mit seinen Eltern einige Meilen südlich der Stadt gewohnt, bis er vierzehn gewesen war, als sie ihn mehr oder weniger zu seinem Onkel abgeschoben hatten. Sie waren nach Europa gegangen oder zu irgendeinem anderen fremden Reiseziel und nie zurückgekommen. Zumindest hatte ich sie nie gesehen und meine Mutter hätte es mir erzählt, wären sie zurückgekehrt.

„Er ist ein Vietnam Veteran, der verändert zurückkam. Er denkt Violet und ich wären seine verlorengeglaubten Töchter."

Jack beäugte mich über den Rand seiner Bierflasche.

„Er hatte keine Tochter, aber da wir gleich aussehen, denkt er, er hätte zwei. Seltsam, aber für ihn ergibt es Sinn."

Die Mikrowelle piepste und ich zog die Tasse vorsichtig auf die Theke. „Violet und ich sehen nach ihm, stellen sicher, dass er seine Post und Zeitung erhält. Besuchen ihn einfach und reden mit ihm. Ein anderer Nachbar hilft ihm mit der Schneefräse und im Sommer mit der Gartenarbeit. Er ist auch derjenige, der die Schrotflinte mit Vogelfutter bestückt. Der Colonel bringt ihn zu den Aktivitäten der Amerikanischen Legion."

Ich öffnete die Packung Schokopulver, schüttete etwas in die heiße Milch und rührte um.

„Es ist eine Kleinstadt, also helfen wir ihm alle. Er ist wirklich ein liebenswürdiger Mann", fügte ich hinzu in der Hoffnung, dass Jack das auch denken würde.

„Wenn er nicht auf einen schießt", grummelte Jack.

Ich hob meine Tasse hoch und wärmte meine Finger. „Richtig, wenn er nicht auf einen schießt."

„Von jetzt an werde ich durch den Garten reinkommen. Wo soll das hier hin?" Er schwenkte die leere Flasche durch die Luft. Ich deutete auf die Plastikbox neben dem Kühlschrank. „Ich geh ins Bett."

Oh, richtig. Bett. „Ähm, es gibt nur ein Bett."

„Sofa?"

Ich schüttelte den Kopf. „Das Wohnzimmer ist zu klein für ein großes."

Jack lächelte. „Miller, sieht so aus, als würden wir den Begriff Mitbewohner auf ein völlig neues Level heben."

Ich hielt für einen Moment inne, um die

Schmetterlinge in meinem Bauch zu beruhigen. „Ähm, was?"

Er stieß sich von der Theke ab und ließ mich mit meiner dampfenden Tasse heißer Schokolade und einer plötzlich entfachten Libido stehen. „Schläfst du rechts oder links?", rief er aus dem Schlafzimmer.

Ich brauchte kein Getränk mehr, um mich aufzuwärmen. Ein kleiner Anflug von Lust und eine riesige Portion Wut übernahmen das. Violets Schlafzimmer war klein, das Doppelbett nahm fast den gesamten Platz ein. Es war breit genug für eine Person, aber zwei...

Ich stellte die Tasse auf die Theke und lief ins Schlafzimmer. „Wovon redest du? Du schläfst nicht in meinem Bett."

Jack warf die zusätzlichen Kissen, an denen ich gelehnt hatte, auf den Boden. Er sah mich über das Bett hinweg an. „Es ist nicht deins, oder?"

Mir klappte die Kinnlade runter „Ähm, nein." Nie im Leben würde ich einen Mann in mein Schlafzimmer mit einer knallpinken

Decke, türkisen Flanelllaken und Dekokissen mit einem seltsamen Fell, das den Figuren der Muppetshow ähnelte, lassen.

„Wir werden es wie ein Hotel behandeln. Ich werde auf keinen Fall in einem Stuhl schlafen. Es ist zu kalt und ich bin zu nüchtern, um auf dem Boden zu schlafen", sagte er trocken.

„Du erwartest, dass ich in einem Stuhl schlafe?", fragte ich. Auf gar keinen Fall.

„Nein. Ich erwarte, dass du dich unter Kontrolle hast und deine Hände bei dir behältst." Er zwinkerte mir zu.

Meine Augenbrauen hoben sich bis zu meinem Haaransatz und ich stemmte die Hände in die Hüften. „Mich unter Kontrolle haben?", stotterte ich.

„Na schön. Wir werden eine Kissenwand zwischen uns bauen." Er bückte sich, um die Kissen, die er gerade auf den Boden geworfen hatte, aufzuheben und eine Pseudowand in der Mitte des Bettes zu bauen. Jack musterte seine Arbeit, dann schnappte er sich, eindeutig zufrieden, seine

Tasche und ging ins Bad, dessen Tür er hinter sich schloss.

Ich stand einfach nur da wie eine Vollidiotin. Vor Schreck an Ort und Stelle erstarrt. Ich würde mit Jack Reid in einem Bett schlafen. *Ich würde mit Jack Reid in einem Bett schlafen. Heilige Scheiße!* Mein Herz pochte wild bei dem Gedanken. Das war ein Traum von mir und jetzt würde er wahr werden. Genau jetzt!

Dann wurde ich wieder nüchtern, als wäre ich mit kaltem Wasser abgespritzt worden. In der Mitte des Bettes befand sich eine Wand aus Kissen. Die gab es in meiner Fantasie nicht. Mir wurde bewusst, dass meine lüsternen Gedanken nicht lauteten *mit Jack Reid in einem Bett zu schlafen,* sondern *mit Jack Reid zu schlafen.* Der Unterschied zwischen der Realität und meiner Fantasie war, dass wir tatsächlich schlafen würden. Und das einzige Mal, bei dem ich mich jemals unter Jacks steinhartem Körper befunden hatte, war, als jemand auf ihn geschossen hatte.

KAPITEL 9

*L*icht schien durch die hauchdünnen Vorhänge und riss mich aus einem erholsamen Schlaf. Mir war warm und ich fühlte mich behaglich unter der dicken Daunendecke. Mein Kopf ruhte auf einer harten Brust, weiche Haare kitzelten mein Kinn. Einer meiner Arme war über einen flachen, unnachgiebigen Bauch geworfen, mein Bein war eingeklemmt zwischen zwei –

Ich schoss in die Höhe, als mir die Intimität meiner Situation bewusstwurde. Ich stützte mich mit einer Hand nach oben und sah hinab auf den schlafenden Jack. Seine Brust war gebräunt und gesprenkelt mit dunklen, federnden Haaren, die sich bis zu seinem Bauchnabel verteilten und von dort in einer Linie zum Saum seiner Boxershorts reichten. Irgendwie war er weder mit der Decke noch einem Laken bedeckt und ich konnte ihn ausführlich betrachten.

„So viel zu der Kissenwand", murmelte ich.

„Wenn du sowieso die ganze Nacht auf mir liegen wolltest, warum haben wir sie dann überhaupt gebaut?", fragte er mit rauer Stimme. So viel zu einem schlafenden Jack.

Mein Mund klappte auf und dann schloss ich ihn mit einem Klacken meiner Zähne. Wie konnte er es wagen? Als ob ich auf ihm hätte schlafen wollen! Dieser nervtötende Arsch! Es gab keine Antwort auf diese Frage, die mich nicht in die Bredouille bringen würde. Also wählte ich einen anderen Weg.

„Warum sind Enten auf deinen Boxershorts?" Ich verdrehte die Augen, wünschte mich an irgendeinen anderen Ort als ins Bett mit Jack. Hatte ich ihn gerade wirklich nach seiner Unterwäsche gefragt?

Jack öffnete träge seine Augen, musterte meine wahrscheinlich verrückt zerzausten Haare, mein pinkes Top, das ich unter meinem Sweatshirt getragen hatte und die Flanellschlafanzughose. Ein Finger kroch nach vorne und zupfte sanft an dem Gummibund meiner Hose.

Ich schlug seine Hand weg, bevor er irgendetwas Wichtiges sehen konnte.

„Warum trägst du keine Unterwäsche im Bett?", fragte er, wobei seine Augen auf meinen Brüsten lagen. Ich sah nach unten. Meine Nippel waren hart und durch den dehnbaren Baumwollstoff auf obszöne Weise sichtbar. Ich verschränkte die Arme vor der Brust.

„Oooh", quiekte ich und kletterte aus dem Bett, schnappte mir beliebig irgendwelche Kleider von dem gefalteten Stapel im Wäschekorb und stolzierte ins Bad. Ich hörte Jack glucksen, bevor ich die Tür zu schlug.

Eine Stunde später hatten wir uns wegen des Wetters dick eingepackt. Jack lief zu seinem Mietwagen, ich zum Van. Ich startete den Motor und schaltete die Heizung auf die höchste Stufe. Jack tauchte neben meinem Fenster auf und ich kurbelte es nach unten.

„Das Auto springt nicht an", sagte er. Er zerrte an dem Kragen seiner Jacke und zog ihn höher über seinen Hals.

„Und?", grummelte ich. Ich war so frustriert von ihm. Er förderte meine dunkelste Seite zu Tage, drückte jeden meiner Knöpfe, um mich wütend, genervt und geil zu machen. Verdammt sei der Mann, weil er mich dazu gebracht hatte, wieder auf ihn scharf zu sein!

Jack verdrehte die Augen. „Und daher fahr mich zu meinem Onkel, bis es warm genug ist, dass der Mietwagen wieder anspringt." Minus zehn Grad Fahrenheit bekam Autos, die draußen gelassen wurden, nicht gut. In den meisten Fällen sprangen sie nicht an, wenn es so kalt war. Wenn sie keine

Garage hatten, um das Auto vor der Kälte zu schützen, rüsteten die meisten Montaner ihre Motoren mit Standheizungen nach, damit sie in der Nacht an den Strom geschlossen werden konnten. Das sorgte dafür, dass der Motor in jedem arktischen Klima warm genug war, um anzuspringen, wie beispielsweise mein Van. Jacks Mietwagen hatte diesen Einbau allerdings nicht.

Ich seufzte und nickte dann. „Na schön, steig ein."

Ich kurbelte das Fenster wieder hoch, während Jack um die Motorhaube rannte und auf den Beifahrersitz kletterte. Er hob den Gartenzwerg hoch und legte ihn auf seinen Schoß.

„Was ist das?", fragte er. Unser Atem schwebte als weiße Wölkchen vor uns. Jack roch nach Violets Seife, aber auch nach etwas Würzigem und Männlichem.

„Das ist George der Gartenzwerg. Jane Wests Sohn Zach will, dass er mit mir zur Arbeit kommt."

Jack betrachtete den Keramikzwerg, dachte darüber nach. „Hm."

Ich legte den Gang ein und fuhr los. Jack hatte keine Ahnung, dass wir beide auf dem Weg zum gleichen Ort waren.

„Wir müssen etwas wegen der Schlafsituation unternehmen", sagte Jack und brach das Schweigen zwischen uns. „Ich bin überrascht, dass du dich so auf mich wirfst. In der Highschool warst du nicht interessiert."

Ich ruckte mit dem Kopf zu ihm herum. „Was?" War er ausgerutscht und hatte sich wieder den Kopf angeschlagen? „Mich auf dich geworfen? Welche Frau bei Verstand will mit einem Vollidioten schlafen?"

Jack verschränkte die Arme vor der Brust, wobei seine Nylonjacke leise raschelte. „Du warst diejenige, die auf mir gelegen hat, Süße. Wenn du mit mir schlafen willst, sag es einfach."

„Das reicht!", schrie ich, blickte in den Rückspiegel, bevor ich an den Straßenrand fuhr und auf die Bremse trat. Werkzeug schepperte im Kofferraum. Ich schaltete den Van in den Parkmodus und wandte mich ihm zu. „Lass uns jetzt ein für alle Mal reinen Tisch machen! Warum sollte ich", ich deutete auf mich, „mit jemandem schlafen wollen, der bereits mit meiner Schwester zusammen war? Meiner *eineiigen Zwillingsschwester*. Ich denke, das wäre ein klarer Fall von hatte-ich-alles-schon-mal. Oder willst du uns einfach nur vergleichen?"

Jacks Kopf ruckte nach hinten, als hätte ich ihm ins Gesicht geschlagen. „Wovon zur Hölle redest du?"

Ich fuchtelte in der Luft zwischen uns herum. „Du weißt schon, *Reid*, das eine Mal in der Highschool, als du mit Violet geschlafen hast?"

„Ich habe nie mit Violet geschlafen." Jacks Stimme war flach und kalt. „Du hast Violet auf dein Date mit mir geschickt." Jetzt war es Jack, der mit den Fingern deutete. „Du hast deine Schwester geschickt, um mich reinzulegen", er spuckte die Worte förmlich aus. „Deine *eineiige Zwillingsschwester*, weil du nicht mit mir ausgehen wolltest.“

Mein Mund klappte auf. Für einige Sekunden brachte ich keinen Pieps heraus. „Ich habe das nie getan!“

„Wer zur Hölle hat es dann getan?“ Jacks Stimme war in dem beengten Raum so laut wie meine.

Die Antwort traf mich wie eine Tonne Backsteine oder ein Paddle. „Violet. Diese kleine – “

„Schlampe“, beendet Jack meinen Satz. Sein Gesichtsausdruck veränderte sich von Wut zu etwas ganz anderem. Ich war mir nicht sicher, was es war, aber ich wusste, er war nicht mehr sauer auf mich. „Lass uns einen kurzen Ausflug in die Vergangenheit machen. Ich habe dich ungefähr einen Monat vor dem Abschluss um ein Date gebeten. Das warst doch du, richtig?“

Ich nickte bei der Erinnerung. Ich war so glücklich gewesen, über alle Maßen begeistert, dass ein Kerl wie Jack an mir interessiert war. „Ja. Aber am Abend vor dem

Date hat mir Violet erzählt, dass du mich aus Versehen um ein Date gebeten hättest und eigentlich mit ihr ausgehen wolltest. Nicht mit mir."

„Violet?" Er schüttelte den Kopf und sah aus, als ob er allein die Vorstellung für verrückt hielte. „Zur Hölle, nein. Ich wollte mit dir ausgehen. Dem Mädchen aus dem Naturwissenschaftskurs, derjenigen, die ihre Haare immer mit einem Bleistift hochgesteckt hat."

Ich lächelte über diese Erinnerung. „Meine Haare waren in Biologie immer im Weg und Mr. Blonsky hat mich dazu gezwungen, sie hochzustecken, damit sie über dem Bunsenbrenner kein Feuer fangen. Ich hatte das ganz vergessen."

Jacks Augen wanderten zu meinen Haaren, die größtenteils unter meiner Wintermütze verborgen waren, nur ein langer Zopf hing meinen Hals hinab. „Ich habe es nicht vergessen. Du wolltest mit mir ausgehen. Ich wollte mit dir ausgehen. Violet hat sich dazwischen gedrängt." Seine Stimme war jetzt viel ruhiger.

„Ich dachte, du wolltest Violet anstatt mich. Meine Gefühle waren so verletzt, als sie es mir gesagt hat", erzählte ich mit leiser Stimme. Ich erinnerte mich an das schreckliche Gefühl, die Ablehnung. Ein junges Mädchen, das von seinem ersten Schwarm wahrhaftig zerstört worden war.

„Das Date war wirklich seltsam" Er sah durch das gefrorene Eis auf der beschlagenen Windschutzscheibe. „Du hast dich überhaupt nicht wie du benommen. Ich wollte dich nicht einmal küssen. Ich habe das ganze Jahr davon geträumt und als der Zeitpunkt kam, wollte ich es nicht tun."

„Du hast nicht mit ihr geschlafen?" Ich drückte meine geistigen Daumen. Ich würde mit niemandem schlafen, der mit Violet zusammen gewesen war.

„Ich habe sie nicht einmal geküsst."

Ich strahlte, innerlich und äußerlich. Das Gewicht der vergangenen zehn Jahre wurde von mir gehoben. Er hatte nicht meine

Schwester an meiner Stelle gewollt. Er hatte *mich* gewollt.

„Du hattest nicht deine Meinung geändert und deine Schwester geschickt, damit sie mich verarscht." Es war keine Frage, sondern eine Feststellung. Jacks Blick wanderte zu meinem Mund.

Ich schüttelte den Kopf. „Nie", flüsterte ich.

Er beugte sich zu mir. Ich beugte mich zu ihm und überwand den kalten Raum zwischen uns. Unsere Lippen trafen sich sanft, zögerlich, als ob sie nicht glauben könnten, dass der Moment real war. Meine Augenlider schlossen sich bei diesem wundervollen Gefühl. Jacks Mund war unglaublich weich an meinem, sein Atem schmeckte von der Zahnpasta nach Pfefferminz. Er glitt mit seinen Lippen vor und zurück, so hauchzart, als ob er mich kennenlernen würde. Es war, als würden wir uns beide für immer in diesem Moment verlieren wollen. Ich hatte mich, seit ich sechzehn war, nach diesem Kuss gesehnt. Es war eine Überraschung, dass es wirklich passierte.

„Miller", flüsterte Jack. Jetzt klang der Spitzname liebenswert.

„Was?", flüsterte ich zurück.

„Dieser Gartenzwerg sticht mich in die Rippen", sagte er, während sich unser Atem vermischte.

Er zog sich von dem Kuss zurück und hob George von seinem Schoß. Die Knopfaugen, das anzügliche Grinsen des bärtigen kleinen Mannes sagten mir, bevor er auf den Boden aus meinem Sichtfeld gestellt wurde, dass ich es tun sollte. Jack wandte sich wieder mir zu, lächelte und sah mir in die Augen. Ich hatte diesen Blick – Sehnsucht, Lust, Verlangen – seit dem Biologiekurs nicht mehr gesehen. Er wollte mich. Mich! Er hob eine Hand, um sie um meinen Hals zu schieben, seine Finger lagen warm in meinem Nacken. Er zog mich an sich, unsere Lippen trafen sich wieder. Dieses Mal war es nicht sanft, aber wir waren auch keine Kinder mehr. Jacks Zunge drang in meinen Mund ein und ich erlaubt es ihm. Das war ein Erwachsenen-Kuss. Nicht der Kuss zweier liebeskranker Teenager.

„Miller", murmelte Jack.

„Was?", fragte ich wieder. Meine Stimme – und Körper – erfüllt von Frust. Meine Nippel waren hart und weiter unten pochte es erwartungsvoll.

„Was ist mit deinem Date?"

„Welches Date?" Ich hatte keine Ahnung, wovon er sprach. Ich war seit viel zu vielen Monaten nicht mehr auf einem Date gewesen. Mein Gehirn hatte sich gerade zu Brei verwandelt, weshalb ich im Moment so gut wie gar nichts wusste.

Jacks Atem war heiß an meinem Nacken. „Der Kerl, mit dem du gestern ausgegangen bist."

Ich erstarrte für einen Moment, als ich mich an meine Schwindelei erinnerte. Oh ja, George. „Eifersüchtig?"

„Zur Hölle, ja." Seine Stimme war rau, besitzergreifend.

Ich lächelte, dann erlöste ich ihn. Ich

hatte ihn jetzt wortwörtlich in meiner Hand und ich wollte, dass uns nichts mehr in die Quere kam. Insbesondere kein erfundenes Date mit einem Gartenzwerg. „Hat nicht funktioniert", erwiderte ich und zog seinen Mund zu meinem.

Die Heizung sprang endlich an und heiße Luft blies aus der Lüftung. Jacks herber Duft füllte den Van und meine Sinne. Wir küssten uns für eine unbestimmte Zeit in unserem dampfigen Kokon und befummelten uns wie zwei Teenager. Wenn wir nicht so viele Schichten Winterkleidung anhätten, bezweifelte ich nicht, dass Jack weitergegangen wäre...und ich hätte es zugelassen.

Jack legte seine Stirn auf meine. „Ich könnte dich den ganzen Tag lang küssen. Zur Hölle, ich will dich zurück zu Violets Haus bringen und über dich herfallen. Alles tun, wovon ich geträumt habe, als ich achtzehn war. Und ein paar Dinge, die ich seitdem gelernt habe. Aber ich muss mich mit dem

Klempner beim Haus meines Onkels treffen und ich will nicht zu spät kommen."

„Ich bin mir sicher, den Klempner wird es nicht stören", erwiderte ich ein wenig atemlos. Ich war mir nicht sicher, wie ich ihm beibringen sollte, dass *ich* der Klempner war. Er würde es schon bald herausfinden. Außerdem genoss ich noch die Nachwirkungen des Kusses. „Ich will von diesen Dingen hören, von denen du geträumt hast...und den Dingen, die du gelernt hast."

Jack lächelte und wackelte mit den Augenbrauen. Da ich wusste, dass er recht hatte, legte ich den Gang ein und fuhr los.

„Ich werde Violet umbringen, wenn sie nach Hause kommt", verkündete ich einige Minuten später und ich meinte es auch so.

„Ich werde dir helfen."

KAPITEL 10

„Was meinst du damit, du bist die Klempnerin?", fragte Jack, als wir vor Owen Reids Haus fuhren.

Wir schafften es bis zur Motorhaube des Vans, bevor wir uns wieder küssten und unsere Körper aneinander pressten. Ich wollte nicht aufhören. Ich wollte der Sehnsucht, die ich nach Jack verspürte, nachgeben. So wie er atmete, ging ich davon aus, dass Jack das Gleiche dachte. Es hatte unter null Grad und wir waren auf einer öffentlichen Straße nicht allein, also hielten wir die Dinge vorwiegend jugendfrei.

Unglücklicherweise. Traurigerweise war das ziemlich einfach für uns, da unsere Kleiderschicht mindestens fünf Zentimeter dick war.

„Dein Onkel hat mich und meinen Dad engagiert, um all die Rohre in der Küche auszutauschen."

„Wo ist dein Dad?"

„Er ist in Rente. Ich kaufe ihm das Geschäft ab. Tatsächlich werde ich ihm die letzte Zahlung überweisen können, wenn du mich bezahlt hast. Dann gehört das Geschäft allein mir." Allein der Gedanke veranlasste mich dazu, einen innerlichen Freudentanz aufzuführen.

Jack musterte mich argwöhnisch. „Du bist diejenige, die mich davon abhält, hier zu wohnen? Ist das deine Art, mich in dein Bett zu kriegen?"

Ich schnaubte. „Noch vor zehn Minuten habe ich dich in einen anderen Staat verwünscht. Die Stadt hat das Wasser abgedreht, bis sie die Renovierungsarbeiten absegnen. Selbst wenn ich die

Rohrverlegung heute fertigstellen würde, hättest du immer noch kein Wasser. Außerdem gibt es ohne Strom keine Heizung und die Rohre würden gefrieren, platzen und ich müsste wieder von vorne anfangen."

Ein Auto hupte uns zu und ich drehte mich, um zu sehen, wer es war. Ich erkannte den alten Kombi, der einem von Mr. Reids Nachbarn gehörte. Ich winkte dem davonfahrenden Auto hinterher und bemerkte dabei die Frau von der Bank. Sie stand auf dem Gehweg gegenüber ungefähr auf halbem Weg den Block hinab. Die gleiche pinke Jacke, die gleichen blonden Haare. Selbst von hier konnte ich die weiße Bandage um ihre Hand sehen.

„Jack." Ich deutete mit dem Kopf zu der Frau. „Siehst du sie? Sie war diejenige, auf die ich dich gestern vorm Goldilocks aufmerksam gemacht habe."

Jack drehte seinen Kopf, musterte die Frau. „Du hast recht. Kennst du sie?"

Ich schüttelte den Kopf. „Ich habe sie ein

paar Mal in der Stadt gesehen. Es wirkt, als würde sie mich beobachten."

Jack zuckte mit den Schultern. „Sie sieht harmlos aus."

Da Jack nicht allzu besorgt wirkte, war ich es auch nicht. Außerdem, wenn sie weiterhin bei diesem Wetter draußen herumstand, würde sie bald Erfrierungen haben und keine stalkerischen Tendenzen mehr.

„Können wir drinnen über die Rohre reden? Ich bin an dieses Wetter nicht so gewöhnt wie du."

„Dort drinnen ist es nicht viel wärmer." Ohne die Heizung war der einzige Unterschied zu draußen der fehlende Wind.

Jack schloss die Eingangstür auf und kurz darauf standen wir im Wohnzimmer seines Onkels. Sein Handy klingelte.

„Reid." Er hörte zu. „Du verarschst mich doch."

Das klang nicht gut.

„Morgen?" Er riss sich die Mütze vom Kopf, drehte sich um und sah zu mir. Seine

Haare waren zerzaust und standen stellenweise wegen der Mütze ab. „Ich kann morgen nicht da sein."

Schien kein gutes Gespräch zu sein. Jack hatte gesagt, er müsste zurück nach Miami, dass er Probleme mit der Arbeit hätte. Ich spielte mit einem der geschnitzten Bären, von denen Mr. Reid eine ganze Sammlung auf dem Vintage-Fernsehtisch stehen hatte, um Jack etwas Privatsphäre zu geben.

„Nicht Massachusetts." Eine Pause. „Nein, nicht Missouri. Ja, ein M Staat. Meine Güte, ich bin in Montana." Jack schloss die Augen und schüttelte den Kopf. „Ja, es ist kalt. Ja, es gibt Schnee. Willst du den gesamten Wetterbericht hören? Schön. Der Tag danach. Es wird spät werden. Ich rufe dich an, wenn ich ankomme." Er schaltete sein Handy ab und stopfte es in seine Jackentasche.

Jack holte tief Luft, schaute zu mir. „Wo waren wir?"

Es bestand kein Zweifel, dass er abgelenkt war.

„Maryland?", witzelte ich und bemerkte dann, dass er nicht in der Stimmung dafür war. „Schlechter Anruf?"

Sein Mund verzog sich zu einem dünnen Strich. „Ich hatte schon bessere. Die Rohre?"

Offensichtlich wollte er nicht darüber reden.

„Ähm…ich werde mit meiner Arbeit morgen früh fertig sein. Sag dem Elektriker, dass er danach anfangen kann. So kommen wir uns nicht in die Quere. Bis morgen Abend sollte dann alles fertig sein und laufen."

„Was soll ich tun? Ich kann nicht einfach hier herumstehen und dir zuschauen, auch wenn die Idee ihren Reiz hat." Sein Blick glitt über meinen Körper.

Ja, seine Augen den ganzen Tag auf mir zu spüren und mich zu fragen, worüber er nachdachte, ob es versaut oder nett war, würde es mir schwer machen. Ich reichte ihm eine Karte. „Ruf den Inspektor unter dieser Nummer an und bitte ihn, morgen um vier Uhr vorbeizukommen. Wenn er die

Klempner- und Stromarbeiten absegnet, passt alles und das Wasser kann für das Haus wieder aufgedreht werden."

Er sah mich überrascht an. Nicht, dass ich es ihm übelnehmen könnte. Die Küche war bis auf die letzte Schraube demontiert worden. Unter unseren Füßen befand sich lediglich der Boden, es gab keinen Strom, keine Sanitärinstallationen, keine Schränke, nichts. „Also ist dieses Projekt zum Ende der Woche wieder auf der richtigen Spur?"

Ich nickte. „Du musst zurück nach Miami gehen."

Ich wusste, dass er nicht für immer bleiben würde, aber es auszusprechen, machte es real. Ihn für fünfzehn Minuten zu mögen, war nicht genug. Zur Hölle, ihn für fünfzehn Minuten zu küssen, war nicht genug. Ich wollte mehr.

„Ich habe dort ein Leben." Er fuhr sich mit einer Hand übers Gesicht. „Wie du gehört hast, stecke ich selbst in einer Krise, die ich lösen muss und das wird nicht passieren, wenn ich hier bin. Mein Onkel hat mich reingelegt, damit ich überhaupt hergekommen bin."

Ich war nicht so begeistert zu hören, dass Jack lediglich zurück war, weil er reingelegt worden war. Ich hatte bei seiner Rückkehr überhaupt keine Rolle gespielt und das tat ein bisschen weh. Zu wissen, dass er gehen würde, tat noch viel mehr weh. Das war lächerlich, da wir uns nur geküsst hatten. Aber die Karten offen auf den Tisch zu legen und über alles zu reden, hatte alles verändert. Jack hatte mich nicht für meine Schwester verlassen. Er hatte nicht mit ihr geschlafen.

„Hast du mit Onkel Owen geredet, seit du hier angekommen bist?", wollte ich wissen.

Jack hob einen Schraubenzieher hoch und spielte damit herum. „Zweimal die Mailbox, einmal habe ich mit ihm gesprochen. Sagt, er hätte eine super Zeit in Arizona. Wird in zwei Wochen zurücksein."

„Wirst du das Projekt für ihn fertigstellen?"

„Ich kann nicht. Ich muss zurückgehen. Aber ich werde bleiben, bis die Heizung funktioniert und ich mit dem Wissen gehen kann, dass das Haus bei seiner Rückkehr bewohnbar ist."

Ich erkannte seine Zwickmühle. Renovierungsarbeiten dauerten Ewigkeiten und das beinhaltete noch nicht einmal die Rückschläge. Jack konnte nicht bleiben und ich wusste das. Ich war enttäuscht. Genauso wie meine intimeren Körperteile.

„Ich werde den Inspektor anrufen und ihn für dich hierher bestellen, okay?" Jack zog wieder sein Handy heraus und machte sich an die Arbeit.

Ich ging zum Van, um meine Werkzeuge zu holen, während ich über Jacks Auftauchen und sein baldiges Verschwinden in Bozeman nachdachte. War es das wert, ihn noch öfter zu küssen, wenn er sowieso ging? Konnte ich ihn einfach küssen und gehen lassen? Am Van schaute ich mich nach der mysteriösen Frau um. Sie war weg. Ich zuckte mit den Schultern und schnappte mir mein Handy. Rief Violet an.

„Ich werde dich erwürgen, wenn ich dich

das nächste Mal sehe. Rate mal, wer wieder in der Stadt ist? Erinnerst du dich an den Kerl, mit dem du vor dem Abschluss angeblich geschlafen hast? Jack Reid." Ich sprach in mein Handy, wenn auch nur mit Violets Mailbox. Auf der Schulkonferenz hatte sie den ganzen Tag irgendwelche Treffen. Die Chancen, sie tatsächlich am Handy anzuschreien, waren ziemlich gering. Nachdem sie diese Nachricht abgehört hatte, würde sie ihre Anrufe vorher überprüfen. Sie war eine totgeweihte Frau. Es war nur noch eine Frage der Zeit.

~

Die Mietwagenfirma hatte Jack um die Mittagszeit mit einem warmen Ersatzwagen abgeholt und seitdem hatte ich ihn nicht mehr gesehen. Mein Dad war zur Baustelle gekommen und gegangen, um nach mir zu sehen und mir eine Thermoskanne mit heißem Kaffee zu bringen. Er war jetzt ein echter Rentner und füllte seine Zeit mit der Herstellung von Angelködern für die Angelsaison, die in sechs Monaten starten würde, und machte meine Mutter verrückt. Tatsächlich war sie wahrscheinlich diejenige, die ihn mit Kaffee hergeschickt hatte. Damit sie ihn loswurde. Wenn ich ihm erst einmal die letzte Rate für seinen Teil des Geschäfts bezahlt hatte, würde er ein sorgenfreier Mann sein. Und ich wäre offiziell Geschäftsinhaberin. Ich konnte es nicht erwarten. Das brachte meine Hände dazu, schneller an den Rohren unter dem Küchenwaschbecken zu arbeiten.

Mein Handy klingelte, während ich auf meinem Rücken zum Mülleimer hochsah und mein Körper halb im Küchenschrank lag. Ich lag da und nahm den Anruf entgegen.

„Hast du deine Geschichte schon fertig geschrieben?"

Goldie.

„Nein. Ich habe noch nicht angefangen."

Ich hörte sie schnauben. „Bring morgen Abend mindestens fünf Seiten mit, wenn du herkommst."

Ich legte den Schraubenschlüssel, den ich gerade benutzt hatte, ab. „Warum? Wozu die Eile?"

„Weil du Sex mit einem Mann hast."

Ich starrte blind auf den Mülleimer und versuchte, Goldies Worte zu verarbeiten. Ich würde ihr nicht erzählen, dass Jack sie – und mich – veräppelt hatte, aber dann würde sie sich fragen, warum ich keinen Sex mit Jack hatte. Das wäre eine lange und schmerzhafte Diskussion. Ich beschloss, es stattdessen mit einer Vermeidungsstrategie zu versuchen. „Im Gegensatz zu Sex mit..."

„Werd nicht frech, junge Dame. Dieser Mann ist deine Muse. Nutze sie."

Sie legte auf. Ich starrte das Handy für einen Moment an und schüttelte dann ungläubig meinen Kopf.

Jack war meine Muse? Ich hatte kein einziges Wort geschrieben. Ich hatte auch keinen Sex mit ihm gehabt. Aber ich *dachte* über ungefähr hundert heiße Dinge nach, die ich mit ihm tun wollte, die ich zuvor nicht in Erwägung gezogen hatte. Da gab es das übliche Kopf-zwischen-meinen-Schenkeln Szenario, aber dass Jack mich übers Bett beugte und das Paddle an meinem Hintern ausprobierte – sanft – kam mir ebenfalls in den Sinn. Genauso wie der Penisring und wie ich ihn mit meinem Mund reizen könnte. Vielleicht war er meine Muse. Und vielleicht mochte ich es doch kinky.

Zwei Stunden später machte ich Schluss für den Tag. Meine Finger waren kalt und ich war so gut wie fertig. Ich musste darauf warten, dass der Inspektor vorbeikam und alles inspizierte und seine Zustimmung gab, bevor ich die letzten Handgriffe ausführte. Ich schloss die Eingangstür ab, fuhr zu Violets Haus und stellte mich unter die heiße Dusche, bis ich aufgetaut war.

Das Licht an meinem Handy blinkte und teilte mir mit, dass ich einen Anruf verpasst hatte. Ich hörte die Nachricht von Violet ab. „Hi! Ich bin's. Jack Reid? Wow. Du hast doch nicht ernsthaft gedacht, ich hätte mit ihm geschlafen, oder? Ich war nur wütend, dass du einen Fleck auf diese knallpinke Bluse gemacht hast, die ich gerade erst mit Suzie Fisher in der Mall gekauft hatte."

Mir quollen fast die Augen aus dem Kopf. Darüber zu lügen, mit dem Jungen geschlafen zu haben, für den ich schwärmte, war nicht vergleichbar damit, ein Oberteil zu ruinieren. Ich spürte, wie mein Blutdruck durch die Decke ging.

„Er muss jetzt sooo heiß sein. Er stand immer auf dich." Sie klang bitter. „Hat mich kaum angesehen. Seltsam. Mach mir bitte einen Gefallen, ja? Chris Sprague ist an der Reihe, auf die Schlange aufzupassen. Kannst du Jasper einladen und ihn für mich abgeben? Er wohnt in 1503 S. Blake. Zu jeder Zeit nach neun Uhr morgen früh. Danke!"

Die dämliche Schlange. Ich war wie Indiana Jones. Ich hasste Schlangen. Violets erste Klasse besaß eine Schlange, aber sie wohnte momentan in Violets Haus. Sie störte sich kein bisschen an der Schlange. Aber da sie weg war, musste sich jemand darum kümmern, der ihr tote Mäuse geben, sie aus dem Terrarium heben und dieses putzen würde. Dieser jemand war nicht ich. Nicht für eine Million Dollar. Warum die Schlange nicht *in* der Schule war, war mir immer noch nicht klar. Aber Chris Sprague, ein Lehrer der zweiten Klasse an der gleichen Schule, hatte angeboten, sie aufzunehmen. Endlich. Er war Mr. Schlange. Allein an dem Terrarium in Violets Wohnzimmer vorbeizulaufen, sorgte dafür, dass mir die Nackenhaare zu Berge standen.

Ich löschte ihre Nachricht und warf das Handy aufs Sofa. Ich wusste schon immer, dass sie direkt aus der Hölle gekommen war, um mich ein Leben lang zu quälen. Um mich für zehn Jahre von Jack Reid fernzuhalten. Zehn! Der Durchschnittsmensch hatte einen Bruder oder Schwester, der ihm auf die Nerven ging. Der Teufel höchstpersönlich musste es auf mich abgesehen haben, da er mich stattdessen geklont hatte.

KAPITEL 11

„Ich denke, wir müssen die ganze Kissen-in-der-mitte-des-Bettes Vereinbarung neu überdenken", meinte Jack.

Wir standen in Violets Küche und aßen gekaufte Pizza. Ich verschluckte mich an meinem Bissen Gemüse-Deluxe. „Der Kissenwand?"

Jack musterte mich und sagte kauend: „Mmhm." Er schluckte und fügte dann hinzu: „Wir brauchen sie nicht mehr, oder? Ich hasse dich nicht mehr wie die Pest."

Ich verdrehte die Augen. „Ich hasse dich auch nicht mehr wie die Pest."

Jack hob seine Hände mit den Handflächen nach oben. „Siehst du? Wir können zum Versöhnungs-Sex übergehen. Ich weiß, du willst es. Du bist letzte Nacht in die Offensive gegangen und hast die Kissenblockade niedergerissen."

Ich trank einen Schluck Soda in dem Versuch, meine lustvollen Gedanken darüber abzukühlen, wie sich sein Körper unter meinem angefühlt hatte, als ich heute Morgen aufgewacht war. Verdammt gut. Es wäre nur noch besser gewesen, wenn wir nackt gewesen wären. „Wie sehr willst *du* es tun?"

„Versöhnungssex haben?" Jack lehnte mit einer Hüfte an der Theke. Er trug dunkle Kordhosen und ein langärmliges T-Shirt mit einer Grafik eines Marlins darauf. „Mehr als du dir vorstellen kannst."

Ich konnte es mir ziemlich gut vorstellen.

„Wenn die Kissen weg sind, ist das mit mir in einem Bett schlafen oder mit mir schlafen?"

„Die nicht-schlafen Version von schlafen mit dir."

Hitze entfachte sich in meinem Unterleib. „Warum?"

Jack hob eine Augenbraue. „Warum? Weil du heiß bist, du du bist und ich auf dich scharf bin, seit ich siebzehn war."

Wow. Das zu hören, fühlte sich gut an. Und es törnte mich nur noch mehr an.

Ich schüttelte den Kopf. „Nein, ich meine, warum jetzt? Du wirst in ein oder zwei Tagen gehen."

Jack nickte bestätigend mit dem Kopf. „Stimmt. Aber willst du nicht all meine notgeilen Teenager Fantasien ausleben?" Er biss von der Pizza ab und kaute, während sein Blick über meinen gesamten Körper wanderte.

Ich schluckte. „Du hast Fantasien über mich gehabt?"

Er neigte den Kopf von links nach rechts und sagte: „Ich hatte welche, in denen ich dich erwürgt habe, weil du mich mit deiner Schwester reingelegt hast." Er hielt eine

Hand hoch. „Aber da dieses Problem gelöst worden ist, sind die anderen Fantasien, in denen ich dir die Kleider vom Leib reiße und eine Menge schmutziger und illegaler Dinge mit dir mache, an die Spitze meiner Liste gerückt."

Schmutzige und illegale Dinge. Ja! Ich knabberte am Rand meines Pizzastücks.

„Irgendetwas, das Penisringe involviert?", fragte ich scherzhaft.

Jack gluckste. „Nur, wenn sie auch dich und ein Bett beinhalten."

Ich schluckte. Ich konnte nicht anders.

„Es ist, als hätten wir zehn Jahre Vorspiel gehabt", meinte ich und bemerkte, dass der Raum plötzlich sehr warm wurde.

Jacks Blick fiel auf meinen Mund. „Absolut." Seine Stimme war leiser und dunkler geworden.

Ich warf die Pizzakruste auf den Teller. „Gott, Jack. Ganz egal, wie sehr ich das will", ich holte tief Luft, der Teufel auf meiner Schulter pikste mich mit seinem kleinen Dreizack, während ich das sagte, „du gehst.

Ich kann mich dir nicht mit Haut und Haaren hingeben und dann zuschauen, wie du wieder gehst."

Jack stand für einen Moment schweigend da. „Ja, das kann ich verstehen. Das bedeutet aber nicht, dass ich aufhören werde, es zu versuchen." Er hob eine Augenbraue und lächelte mich verschmitzt an. „Und da du auf Kink stehst, muss ich dir sagen, dass es mir genauso geht."

Ich schlug ihn auf die Schulter. Seine steinharte, muskulöse Schulter. Oh, Mist. „Ich will, dass du *versuchst*, dich zusammenzureißen."

„Ich habe eventuell nicht die Willenskraft dazu. Allein dich anzuschauen, weckt in mir den Wunsch, die Höhlenmensch-Routine durchzuziehen. Dich über meine Schulter zu werfen, ins Bett zu tragen und dich zu vögeln, bis du deinen eigenen Namen nicht mehr kennst."

„Das ist auf seltsame Weise schmeichelhaft...und verdammt heiß." Zusätzlich zu der Hitze spürte ich, dass sich meine Nippel zusammenzogen und mein Slip leicht feucht wurde.

Jack lächelte. „Ich werde es versuchen."

Ich stellte meinen Teller in den Geschirrspüler und warf die Sodadose in den Recyclingbehälter. Ich wollte definitiv Sex mit Jack haben, bis ich meinen Namen vergaß. Es *würde* heiß und atemberaubend sein. Ich wollte, dass er über mich herfiel und seine kinky Ideen mit mir auslebte. Aber ich musste mich zurückhalten. Wenn er sich auch nur annähernd so fühlte wie ich – erregt bis zum Gehtnichtmehr –war ich mir nicht sicher, ob wir in der Lage wären, die Hände voneinander zu lassen, ungeachtet dessen, dass er gehen würde. „Da wir keinen Sex haben werden, kannst du den Fernseher haben. Ich muss an etwas für Goldie arbeiten."

Er grinste. „Welche Art von Arbeit?"

Ich holte tief Luft, bereitete mich darauf vor, dass er sich über mich lustig machte. „Ich bin von Goldie dazu gezwungen worden, einen Liebesroman zu schreiben. Sie meint, du wärst meine Muse."

„Nur durch einen Kuss?"

Ich deutete auf ihn. „Genau das habe ich auch gesagt."

Jack kratzte sich am Kopf. „Mir gefällt diese Muse-Idee. Vielleicht sollte ich dir ein paar Ideen für Geschichten liefern. Wie heiß wird dieses Buch werden?" Er schlang einen Arm um meine Taille und zog mich an seinen warmen Körper für einen Kuss. Mit Zunge. Jeder Menge Zunge. Jetzt war mein Slip *richtig* feucht.

„Du gehst trotzdem", protestierte ich, meine Stimme war rau, mein Atem entkam mir an seinen Lippen nur noch als leises Keuchen.

„Verdammt." Er schob mich weg, fuhr sich mit den Händen über den Mund. „Ich versuche hier wirklich mich wie ein Kavalier zu verhalten, aber du bist einfach zu sexy, um dir widerstehen zu können. Ich denke, ich werde von einem anderen Zimmer aus, deine Muse sein müssen." Er lief davon und ich hörte, dass der Fernseher angeschaltet wurde. Baseball. Das nenn ich mal einen Stimmungskiller.

~

Ich überlebte eine ruhelose Nacht mit meiner Muse neben mir. Ich hatte die Kissenblockade wieder aufgebaut. Meine Fähigkeiten im Aufeinanderstapeln mussten besser sein als Jacks, da die Mauer die gesamte Nacht über Bestand hatte. Ich wachte auf meiner Seite auf und Jack auf seiner. Ich diskutierte mit mir selbst, ob das eine gute oder schlechte Sache war. Es hatte sich wirklich, wirklich gut angefühlt, auf ihm liegend aufzuwachen. Dreißig Zentimeter an Kissen zwischen uns zu haben, war nicht das Gleiche.

Ich war lange wachgeblieben, um an meiner lächerlichen Geschichte zu arbeiten, und hatte unruhig geschlafen, weil ich davon geträumt hatte, dass ein Liebesromanheld in der Kabine eines Dampfers über eine dralle

Schönheit hergefallen war. Der Traum, der heiße Mann im Bett mit mir, trotz der Kissenwand und sein Plan, meine sexuelle Verteidigungslinie zu durchbrechen, hatten mich heiß und erregt und müde aufwachen lassen. Und mit einer Sehnsucht nach einem Spanking, ein wenig Nippelklemmen-Action und einigen Mann verursachten Orgasmen.

Während ich die Arbeit im Haus seines Onkels beendete, verbrachte Jack den Morgen mit dem Elektriker oder am Telefon, durch das er jemanden anschrie, höchstwahrscheinlich in Miami. Er stürmte davon, nachdem er verkündet hatte, er würde Lampen und Material für die Arbeitsflächen im örtlichen Baumarkt aussuchen, bevor er den Verstand verlor. Aus seiner Schusslinie zu sein, war völlig in Ordnung für mich.

Nach seinem Telefongespräch zu schließen, würde er am nächsten Tag abfliegen. Ich versuchte, mein Herz vor diesem Moment zu schützen. Ich hatte seine Gesellschaft in den letzten paar Tagen genossen und war froh, dass wir den ganzen Violet-Vorfall hatten klären können. Aber ich würde ihn vermissen. Okay, Untertreibung des Jahres. Ich würde mich damit arrangieren. Zur Hölle, ich hatte ihn ein Jahrzehnt vermisst und war gut zurechtgekommen.

Ich schob die Gefühle für Jack beiseite und machte mich an die Arbeit. Der Morgen mit dem Inspektor verlief erfolgreich, da ich das Zertifikat für die Klempnerarbeiten erhielt. Das Einzige, was ich noch tun musste, war zurückzukommen und all die Armaturen, die Jack gekauft hatte, anzuschließen, wenn die Küche fertig renoviert worden war. Ich schrieb meine Rechnung und klebte sie an die Tür, wo Jack sie finden würde.

In der Hoffnung ein kurzes Nickerchen zu machen, bevor ich den ganzen Abend im Goldilocks arbeiten würde, machte ich mich auf den Weg zu Violets Haus. Die Sonne schien und wurde schon fast schmerzhaft von dem weißen Schnee reflektiert.

Nachdem ich den Van vor dem Haus geparkt hatte, besuchte ich den alten Mr. Chalmers. Er trug einen rotschwarzen Wollmantel aus den Sechzigern, eine schwarze Strickmütze, seinen Overall und schwere schwarze Stiefel. Er hielt seine Schrotflinte in den Händen. Das war kein gutes Zeichen. Ich schloss die Vantür hinter mir und lächelte Violets Nachbar zu.

„Hi, Mr. Chalmers. Wie geht es Ihnen heute?"

„Ich dachte, dass ein Mann bei dir wohnt. Er deutete mit der Spitze seines Gewehrs zu dem Haus.

„Das stimmt. Jack Reid." Ich stand ungefähr zehn Schritte entfernt von ihm, sodass ich ihm viel Raum ließ. Ich behielt den Gewehrlauf mit einem Auge im Blick, um sicherzustellen, dass er es nicht in meine Richtung schwang.

„Was hat dann eine Frau dort zu suchen gehabt?"

Ich sah zum Haus. Ich konnte nichts Ungewöhnliches entdecken. Es war eine gedrungene Bergarbeiterhütte aus dem neunzehnten Jahrhundert. Weiße Schindeln bedeckten die Wände, es gab eine winzige Veranda. Schnee lag überall und war neben den Gehwegen aufgehäuft worden.

„Violet ist zurück?" Ich war überrascht, da ihre Konferenz noch paar Tage dauern sollte.

„Ne, eine andere Dame."

Ich hatte kein gutes Gefühl dabei. „Wie sah sie aus?"

„Blond. Pinke Jacke. Sie war einige Minuten da drin und kam dann wieder raus. Ich hab sie angeschrien. Sie hat mich ignoriert, also hab ich auf sie geschossen."

Wir liefen gemeinsam zur Vorderseite des Hauses. Als er das sagte, hielt ich mitten im Schritt inne. „Haben Sie sie getroffen?" Ich sah kein Blut. Keine herumliegenden Körperteile.

„Ne, hab sie allerdings in Angst und Schrecken versetzt. Ich glaube nicht, dass sie zurückkommen wird."

Ich schob den Gewehrlauf behutsam aus

dem Weg und umarmte Mr. Chalmers. „Danke, dass Sie auf mich aufpassen."

Er tätschelte meinen Rücken durch die Jacke. „Ach, Kleines. Lass uns herausfinden, was sie da drin gemacht hat."

Wir gingen nach drinnen und schlossen die Tür hinter uns. Es war eine Angewohnheit, Türen schnell zu schließen, selbst wenn ein Zimmer von einem völlig Fremden durchwühlt worden war. Man wollte schließlich nicht die Hitze rauslassen, selbst wenn der Bösewicht noch immer herumlungern könnte.

„Heiliges Kanonenrohr", entfuhr es dem alten Mr. Chalmers.

Ich sah mich um. Zeitschriften lagen auf dem Boden, Bilder hingen schief, das Sofa war von der Wand gezogen worden. Nichts davon störte mich so sehr wie die Tatsache, dass der Deckel des Schlangenterrariums entfernt worden war.

„Heiliges Kanonenrohr", wiederholte ich. Jasper war nicht in seinem Terrarium.

Ich scheuchte den alten Mr. Chalmers

schneller aus dem Haus, als ich mich jemals in meinem Leben bewegt hatte.

~

„Ich habe ein Problem", erklärte ich Jack durchs Telefon. Ich saß in der Küche des alten Mr. Chalmers und trank Kaffee. Ich hatte den Verdacht, dass er Whiskey hineingegossen hatte, da mir ein wenig wärmer war als üblich und ich mir mit jeder Minute weniger Gedanken um die Schlange machte.

„Mit den Rohren oder persönlich?", fragte er.

„Das ist eine neue Variante der Frage. Normalerweise erhalte ich die Frage nach dem 'persönlichen Rohrproblem'."

Ich hörte Jack durch das Telefon glucksen. „Damit kann ich auch helfen."

Ich verdrehte die Augen. „Ich schätze, der geht auf meine Kappe. Wie auch immer, weder persönlich noch Rohre. Noch persönliche Rohrprobleme. Jasper, die

Schlange, ist aus dem Terrarium in Violets Haus entkommen."

Es entstand eine Pause. „Dann setz ihn einfach wieder rein."

„Bist du verrückt? Er ist eine Schlange! Ich habe keine Ahnung, wo im Haus er ist und…und er ist eine Schlange!" Ich fuchtelte wild mit den Armen durch die Luft, während ich sprach.

„Okay. Ich erkenne das Problem", erwiderte er ruhig. „Wo bist du jetzt?"

„Auf der anderen Straßenseite bei Mr. Chalmers." Ich lächelte den älteren Mann, der mir gegenübersaß, an. Die Schrotflinte ruhte auf dem verkratzten Küchentisch zwischen uns.

Eine weitere Pause. „Er wird nicht wieder auf mich schießen, wenn ich vor dem Haus parke, oder?"

Ich dachte eine Weile darüber nach. Das Gewehr war wahrscheinlich nicht mehr geladen. „Ich werde dafür sorgen, dass er es nicht tut."

Ich hörte ein Grunzen und dann verstummte die Leitung.

Dreißig Minuten später war ich definitiv beschwipst und aufgeputscht vom Koffein. Ich hörte, wie eine Autotür zuschlug und spähte nach draußen, wo ich Jack an einem anderen Mietwagen lehnen sah. Ich nahm es ihm nicht übel, dass er sich dem Haus nicht näherte. Der alte Mr. Chalmers war wieder aufgewärmt und bereit zu schießen, sollte es nötig sein.

Ich umarmte den alten Mann und drückte ihm einen schnellen Kuss auf die Wange, bevor ich mich wieder warm einpackte und Jack am Auto traf. Schnee knirschte unter meinen Stiefeln und machte dieses Geräusch, das nur entstand, wenn es richtig kalt war.

Jack trug eine kleine braune Tüte in seiner behandschuhten Hand.

„Wie willst du vorgehen?", fragte ich und sah zu Violets Haus, als ob uns Jasper durch das Fenster beobachten würde.

Er hielt die Tüte hoch. „Maus aus dem Zoogeschäft."

Ich schluckte. Arme Maus.

Jack ging zu Violets Haus und ausnahmsweise blieb ich gerne in der Kälte zurück. Zehn Sekunden später kam er zurück nach draußen und stellte sich vor mich, während sein Atem als Wölkchen vor mir schwebte. „Wie groß ist diese Schlange? Ist es eine Python, denn das Haus ist ein einziges Durcheinander?"

„Boa Constrictor. Braun, schwarze Streifen." Ich streckte meine Arme vor mir aus, als würde ich die Länge abmessen. „Ja, nun, es ist ein einziges Durcheinander, weil jemand eingebrochen ist."

Jack stand da und starrte mich an, als wäre mir ein zweiter Kopf gewachsen. „Eingebrochen? Du hast mich angerufen, weil du ein Problem mit einer Schlange hast. Du hast einen Einbruch nicht für ein Problem gehalten?" Seine Augen wurden dunkel, wenn er sich aufregte. Ich hatte das zuvor noch nicht bemerkt.

Ich stemmte die Hände in die Hüften. „Ich wollte das Wichtigste zuerst angehen!"

„Das Wich – " Jack schnaubte laut. „Eine entlaufene Schlange ist das Wichtigste?" Er fuhr sich mit seiner Hand über die Mütze, die seinen Kopf bedeckte.

„Für mich ist es das!", giftete ich zurück und hickste.

Jack trat näher zu mir, schnupperte. „Hast du getrunken?"

Ich hielt meinen Finger und Daumen hoch, um ihm ein winziges bisschen anzuzeigen. „Ich glaube, der alte Mr. Chalmers hat versucht, mich betrunken zu machen."

Jack lächelte und zeigte endlich seine hübschen geraden Zähne. Grunzte. „Kluger Mann."

Er ließ mich zurück, ging wieder in Violets Haus und schloss die Tür hinter sich. Ich stampfte mit den Füßen auf dem schneebedeckten Boden herum, während ich darauf wartete, dass er wieder rauskam. Ich erwartete halb, dass er schreiend mit einer anderen Art Boa um den Hals gewickelt herausgerannt kam. Eine Minute später kehrte er ohne Schlange zurück.

„Das war's?", fragte ich.

Jack zuckte mit den Schultern. „Jetzt warten wir."

Ich sah auf meine Uhr. Ich musste zum Goldilocks. „Ich bin ein wenig betrunken, worauf genau warten wir?"

„Ich habe das Terrarium aufrecht hingestellt und die Maus reingelegt. Jasper wird für seinen kleinen Imbiss wieder hineinkriechen. Es wird eine Weile dauern, bis er sie aufgegessen hat, also wird er nicht rauskommen. Dann werde ich einfach den Deckel wieder drauflegen."

„Oh. Das ist tatsächlich ziemlich schlau. Mein Held."

„Unter Beschuss geraten, dich vor wilden Reptilien gerettet. Alles an einem Arbeitstag." Jack trat näher und beugte sich zu mir, um mir ins Ohr zu flüstern: „Bedeutet das, dass du mir eine Belohnung geben wirst? Wie beispielsweise, herauszufinden, welche Farbe das Höschen hat, das du trägst und ob es feucht ist, weil du darüber nachgedacht hast, mich zu vögeln."

Ich keuchte auf, als seine Lippen über meine Ohrmuschel strichen. Und wegen seiner Worte. Heiliges Kanonenrohr, er war ein Dirty Talker.

„Mich vor einer Schlange zu retten, ist einen Kuss wert."

„Nur einen Kuss?"

„Nur einen Kuss", bestätigte ich, obwohl ich nicht sagte, wo ich den Kuss haben wollte. „Nun, wenn es eine giftige Schlange wäre, würde ich dir definitiv dabei helfen, einige deiner Fantasien auszuleben, und dir verraten, das mein Höschen aus gelber Spitze besteht."

Jacks Mund erstarrte an meinem Hals, während er stöhnte. Ich konnte erkennen, dass er darüber nachdachte, was ich gesagt hatte. „Fuck, Miller. Jetzt bin ich hart und will es sehen. Was die Fantasie betrifft, handelt es sich um die, bei der ich meinen Mund auf deine – "

„Nein, das ist eine *meiner* Fantasien."

Jack stöhnte wieder.

„Hör zu, ich werde zu spät kommen", sagte ich, da ich wusste, wir konnten uns nur gegenseitig necken. Ich würde unter keinen Umständen zurück in Violets Haus gehen, selbst wenn es bedeutete, dass ich Sex mit Jack haben könnte. „Kannst du mich zum Goldilocks fahren?"

„Sicher. Während du arbeitest, werde ich eine Schlange beschwören."

KAPITEL 12

„Marcus drückte seinen harten, kantigen Körper an ihren; steinharte Flächen auf weichem, milchig weißem Fleisch. Sein Schwanz war wie ein Stahlrohr, das am Eingang ihres Liebeskanals pulsierte, bereit sich in sie zu bohren wie ein Maulwurf in ein Loch."

Ich saß hinter der Theke im Goldilocks und las die frisch ausgedruckten Seiten von Goldies Liebesroman laut vor. Zumindest die ersten Versuche. Ich hatte drei Seiten geschafft und war schockiert. „Maulwurf in ein Loch?", wiederholte ich und sah von dem Manuskript zu ihr hoch.

Goldie brachte gerade Preiskleber an den Körperfarben mit Geschmack an. Sie trug einen hellrosa Fleecepullover, schwarze Hosen und Stiefel. Ihre blonden Haare waren zu einem Knoten zurückgebunden, große Goldohrringe mit funkelnden pinken Steinen baumelten ihren Hals hinab. Sie schaute mich an und rümpfte die Nase, dachte nach. „Ich schätze, das ist vielleicht nicht die beste Metapher."

„Ich denke, du hast einfach zu viele in einem Satz. Stahlrohr, Liebeskanal, Maulwurf in ein Loch. Das klingt nach einem schlechten Fahrgeschäft in einem Vergnügungspark."

Klatsch, der Kleber wurde von Goldie mit etwas mehr Aggression angebracht. *Klatsch*. „Ich werde den Teil ändern. Mach weiter."

„Eloise sah mit vertrauensvollen Augen zu ihrem ersten Liebhaber hoch. Könnte sie seine Größe aufnehmen? Würde ihre passierte Liebe sie überrollen? Ihr Bett war jetzt ein Ort der Leidenschaft, nicht nur des Schlafes."

Klatsch, klatsch. Jep, sie war ein wenig angesäuert. „Was stimmt damit nicht?"

Das war eine Seite an Goldie, die ich noch nie zuvor erlebt hatte. Für eine Frau, die so viel über Sex wusste, konnte sie absolut nicht darüber schreiben.

„Passierte Liebe? Du meinst bestimmt passionierte. *Passionierte* Liebe. Nicht passierte. Tomaten werden passiert."

Klatsch, klatsch, klatsch. „Schön. Dann lies mir etwas von dir vor. Sorg dafür, dass es der heiße, *passierte* Teil ist", sagte sie sarkastisch.

Mein Handy piepste, womit es mich über eine eingegangene Nachricht informierte. Sie war von meinem Freund, John, der den Feuerschaden in meiner Küche reparierte. *Haus ist morgen fertig. Mach einen Termin mit dem Inspektor und dem Versicherungsagenten wegen der Zertifizierung.*

„Mein Haus wird morgen repariert sein. Ich kann wahrscheinlich am Tag danach wieder einziehen", erzählte ich Goldie froh darüber, dass ich mein Haus zurückbekommen würde.

Sie lächelte. „Gut. Was für eine angsteinflößende Sache. Zum Glück hat sich das Feuer nur auf eine Stelle konzentriert."

„Ja, es war sowieso an der Zeit für eine Modernisierung der Küche", antwortete ich. Ich hatte das Zimmer so gemocht, wie es war, ganz im Vintagestil und altertümlich, aber der Rauch- und Feuerschaden hatte mich dazu gezwungen, es zu modernisieren.

Es waren zwei lange Wochen gewesen und ich hatte die Nase voll davon, obdachlos zu sein.

„Komm schon, lenk mich nicht mit der traurigen Geschichte, dass dein Haus Feuer gefangen hat, von deiner Geschichte ab", sagte Goldie scherzhaft.

Ich verdrehte die Augen, während ein Kunde durch die Tür trat und zur Theke kam. „Ben-Wa Kugeln?", fragte der Mann. Mitte zwanzig, Ziegenbart, dicker Wintermantel und Mütze.

Ich deutete in die hintere Ecke und er

machte sich auf den Weg dorthin. Ich hob meine eigenen Seiten hoch und suchte nach dem Sexteil. „Okay, los geht's." Ich räusperte mich, sah kurz zu dem Kerl, der Ben-Wa Kugeln aussuchte und hoffte, dass er nicht zuhörte. „Sie waren beide tropfnass von dem Gewitter, das sie überrascht hatte. Sie eilten unter den überdachten Eingang des geschlossenen Museums und klammerten sich aneinander. Die kühle Haut erwärmte sich in ihrer hitzigen Umarmung. Dampf stieg zwischen ihnen auf, als ihre Leidenschaft sie überrollte."

Goldie stand erstarrt an Ort und Stelle, den Preisauszeichner hielt sie in der Luft auf halbem Weg zu einer Flasche Massageöl. „Oh. Lies weiter."

„Sein Mund senkte sich zu ihrer Halsbeuge, seine Zunge schnellte hervor, um die Regentropfen aufzulecken. Durch das durchsichtige Material ihrer Bluse konnte er sehen, dass sich ihre rosa Nippel in der Kälte zusammenzogen."

Der Kunde kehrte mit seiner Packung

Ben-Wa Kugeln zur Theke zurück und hörte zu.

Ich spürte, dass meine Wangen rot wurden, da es mir peinlich war, dass er meinen Text gehört hatte. „Haben Sie gefunden, was Sie brauchen?"

Er nickte und deutete dann auf meine Zettel. „Das ist ziemlich gut. Törnt mich an."

Ich lächelte schwach, ein wenig angewidert, dass meine Worte erregend waren. „Danke."

„Siehst du?" Goldie schürzte die Lippen. „Mach weiter."

Nachdem der Mann sein Wechselgeld erhalten hatte, nahm er seinen Einkauf und ging, wobei kalte Luft den Raum füllte, bevor er die Tür schloss. Ich schauderte.

Mich über den Rand ihrer Lesebrille musternd, warf mir Goldie einen Blick zu, der sagte: 'Komm in die Pötte.'

Ich fand die richtige Stelle. „Er küsste ihren Mund, seine Zunge wand sich um ihre und sie kosteten voneinander. Er konnte nicht genug von ihr kriegen. Ihr Duft füllte seine Gedanken und brachte ihn dazu, die Welt um sie herum zu vergessen."

Goldie legte den Preisauszeichner auf die Theke. „Du hast eine verdammt geniale Muse."

Ich ging zur Rückgabebox für die Videos und begann die Hüllen zu stapeln. „Jack ist nicht meine Muse."

„Das sagst du jetzt, aber nach dem zu schließen, was er neulich erzählt hat, ist es gut, dass ihr beide euch gefunden habt, da ihr beide auf Kink steht. Ich habe bereits angefangen, eine Schachtel mit Spielzeugen für euch zusammenzustellen."

Ich zählte bis zehn. „Goldie. Ich steh nicht auf Kink. Jack hat dich nur veräppelt. Und mich. Wir haben nicht miteinander geschlafen. Ich brauche *keine* Schachtel mit kinky Spielzeugen."

Sie beäugte mich skeptisch. „Ich hatte dich auch nicht so eingeschätzt, als hättest du es gerne kinky."

Ich verdrehte die Augen. „Danke." Ich hatte Angst zu fragen, als was sie mich dann einschätzte. „Ach übrigens, das hab ich ganz vergessen dir zu erzählen. Erinnerst du dich an die aufblasbare Puppe, die ich auf Mikes Spielzeugparty verwendet habe?"

„Die Ricky Dicky Puppe?", fragte Goldie.

Ich nickte. „Nun, der kleine Ricky hat keine Eier."

Goldie dachte einen Moment nach. „Gut zu wissen. Jetzt weiß ich, wie du mich vom Thema ablenken willst, aber mein Verstand ist rasiermesserscharf. Du nutzt eine Ricky Dicky Puppe, um nicht mehr über Jack Reid reden zu müssen. Du solltest dich schämen." Sie schnalzte empört mit der Zunge. „Jack ist definitiv deine Muse, denn das, was du geschrieben hast, ist gut." Sie deutete mit einem manikürten Finger auf meine Zettel auf der Theke. „Stell dir nur vor, was du schreiben könntest, wenn ihr tatsächlich Sex hättet."

Indem ich die Videos nach dem Alphabet sortierte, versuchte ich Goldies Blick auszuweichen. Ich war eine Vollidiotin, dass ich auch nur die geringsten Gefühle für Jack hatte, obwohl ich wusste, dass er nach Florida zurückgehen würde. In Gedanken schlug ich mir selbst auf den Hinterkopf. Dämlich, dämlich! Ich hätte ihm nicht erlauben dürfen, mich zu küssen. Ich hätte ihn nicht in den gleichen Staat zurückkommen lassen dürfen. In seiner Nähe zu sein – und ihn nicht mehr töten zu wollen – war wundervoll, aber ich wusste, es würde wehtun, wenn er ging. Wieder. „Er wird gehen. Ich werde nicht mit einem Kerl schlafen, den ich vielleicht für die nächsten zehn Jahre nicht mehr sehen werde."

„Warum nicht?"

„Weil…weil du hast ihn gesehen. Ich habe Angst, dass ich ihn öfter haben möchte, als nur einmal alle zehn Jahre."

„Hmm, das ist ein Problem. Dafür habe ich keine Schachtel."

*G*oldie setzte mich kurz nach Mitternacht vor Violets Haus ab. Die Nachbarschaft lag dunkel da, alle schliefen. Ich ging zur Tür hoch, öffnete sie einen Spalt und schaltete das Licht an. Jasper war immer noch nicht in sein Heim zurückgekehrt, also schaltete ich das Licht wieder aus und schloss ab. Ich musste einen anderen Ort zum Schlafen finden. Unter gar keinen Umständen würde ich ins Bett gehen können, solange eine Schlange frei herumkroch. Es gab nicht viele Auswahlmöglichkeiten. Mein Haus kam wegen des Feuerschadens nicht infrage. Ich konnte so spät abends ohne eine Erklärung nicht zu meinen Eltern gehen und ich wollte ihnen nicht erzählen, dass jemand in Violets Haus eingebrochen war. Es gab nur noch eine Option.

Fünf Minuten später klopfte ich an Owen Reids Tür. Jack öffnete sie in alten Jogginghosen, einer dicken Fleecejacke, heraushängenden Zipfeln eines

Flanellhemdes mit Karomuster und dicken Socken. Seine Haare waren durcheinander, als ob er mit den Händen hindurch gefahren wäre. Junge, würde ich gerne mit meinen Fingern durch seine Haare streicheln. Spüren, wie seidig weich sie waren. Pfui! Vielleicht war ich immer noch betrunken.

Der Fernseher lief, eine Sportsendung war eingeschaltet. Ich glaubte, Männer schauten nichts anderes als Sportsendungen oder Sportwiederholungen. Jack hielt die Tür für mich auf und lächelte. „Ich wusste, du würdest deine Hände nicht von mir lassen können."

„Es heißt entweder du oder die Schlange", grummelte ich, während ich mich neben der Tür bückte, um meine Stiefel auszuziehen.

„Gut zu wissen, wo ich stehe."

Ich hängte meine Jacke an den Haken neben der Tür. „Es ist eiskalt hier drinnen." Ich rieb mir über die Arme.

Jack trat hinter mich, zog meinen Rücken an seine Brust und schlang seine Arme um mich. Ich spürte, wie seine Körperhitze sofort auf mich überging. „Wie du gesagt hast, ist der Strom wieder an, die Heizung funktioniert ebenfalls, aber hat das Haus noch nicht vollständig aufheizen können."

„Das Plastik vor dem Türrahmen zur Küche sollte ein bisschen helfen, aber nicht viel."

„Das könnte auch wärmeres Wetter tun", grummelte Jack. „In der Zwischenzeit", er nahm meine Hand und zog mich zum Sofa, „kannst du mich warmhalten."

Die Vorstellung war sehr reizvoll. Jack zog mich neben sich nach unten und unter seinen Arm, sodass mein Kopf an seiner Schulter ruhte. Er musste sich aus dem Gästebett eine Decke geholt haben, denn er zog eine dicke blaue Decke über uns beide.

„Ich habe seit langer Zeit nicht mehr gekuschelt", merkte ich zufrieden an.

Jack machte ein Geräusch, das fast einem Knurren glich. „Ich will nichts über die anderen Male wissen, bei denen du *gekuschelt* hast." Ich könnte schwören, ich hätte einen besitzergreifenden Ton in seiner Stimme gehört. „Nur, damit du's weißt, das ist mein erstes Mal. Kuscheln. Es gefällt mir. Sei sanft mit mir." Er drückte meinen Oberarm.

Ojemine.

Wir schauten bis zur Werbung, ohne zu sprechen, Fernsehen. „Hast du irgendeine Idee, wer in Violets Haus eingebrochen sein könnte?", fragte Jack.

Ich wandte mich ihm zu, wobei ich nah bei ihm blieb, weil er warm war. Das war mein Grund und daran würde ich festhalten. Ich tat das nicht, weil ich gerne seinen Herzschlag unter meinem Ohr hörte und gerne spürte, wie sich seine Bauchmuskeln unter meiner Hand bewegten und zuckten. „Ich glaube, es könnte die Frau in der pinken Jacke gewesen sein."

Jack sah verwirrt aus. „Die Frau, die du vorm Goldilocks gesehen hast?"

„Und heute Morgen wieder, erinnerst du dich?"

Jack nickte. Sein Kiefer war angespannt und er sah wütend aus.

„Der alte Mr. Chalmers sagte, er hätte sie

in Violets Haus gehen und wenige Minuten später herauskommen sehen."

Jacks Augenbrauen schossen in die Höhe. „Sie war dort? Er hat sie gesehen?"

„Er hat auf sie geschossen."

Darüber musste ich einfach lächeln. Jack ging es genauso.

„Er hat auf sie geschossen? Genauso wie bei mir?"

Ich nickte und fing dann an zu lachen.

„Ich mag diesen alten Kauz. Wurde sie verletzt?", fragte er, während seine Augen zu meinem Mund huschten.

Ich zuckte mit den Achseln und antwortete: „Ich weiß es nicht. Der alte Mr. Chalmers glaubt nicht."

„Hat irgendjemand die Polizei gerufen?" Er schaute immer noch auf meinen Mund.

„Jeder in der Nachbarschaft ist daran gewöhnt, dass der alte Mr. Chalmers auf Leute schießt. Das ist kalter Kaffee für sie und für die Polizei."

In der einen Sekunde redete ich noch übers Schießen, in der nächsten lag Jacks

Mund auf meinem, seine Hände umfassten meinen Nacken und zogen mich an sich. Er neigte seinen Kopf, schob seine Zunge in meinen Mund. Wegen der Decke, all meinen Kleiderschichten und dem Kuss stand ich kurz davor, in Flammen aufzugehen. Ich nutzte eine Hand, um die Decke von uns zu stoßen und drehte meinen Körper so, dass ich rittlings auf Jacks Schoß saß. Ich vergrub meine Finger in seinem seidigen Haar – es war so weich, wie ich es mir gedacht hatte – und hielt es fest. Als Jacks Hände weiter nach unten sanken, über meine Schultern strichen und dann noch tiefer rutschten, um über die Wölbung meiner Brüste zu gleiten, stöhnte ich tief in meiner Kehle. Ich spürte, wie seine Berührung gleich einem Blitz direkt gen Süden zu meinen unteren Regionen schoss.

Ich unterbrach den Kuss, legte meine Stirn auf seine. Mein Atem war rau, keuchend. „Jack, du gehst."

Seine Daumen strichen durch meinen Pulli, T-Shirt und BH über meine Nippel. Ich spürte ihn hart an meinem Bauch. „Gib mir eine Minute und ich werde kommen."

Ich legte meine Hände auf seine mit der Absicht, sie von meinen Brüsten zu entfernen. Das war allerdings keine gute Idee, weil ich dadurch seine Handflächen nur noch fester auf mich drückte, sodass seine Hände auf eine Art über meine Nippel glitten, dass ich fast kam.

Nein! Ich fühlte, dass mein Herz dahinschmolz – genauso wie verschiedene andere Stellen meines Körpers – und ich musste widerstehen. In einem Moment der Klarheit zog ich ihn von mir und öffnete meine Augen. „Ich kann das nicht tun. Du gehst in wenigen Stunden", wiederholte ich mit abgehacktem Atem, „nach Florida. Erinnerst du dich?"

Jack holte tief Luft, atmete aus. „Du bist auf meinen Schoß geklettert. Ich habe nur reagiert. Willst du, dass ich die Tüte mit Sexspielzeugen hole, die du für mich zusammengestellt hast?"

Ich rutschte von Jacks Schoß neben ihn

auf das Sofa und warf einen Arm über meine Augen, um ihn auszusperren, um zu versuchen, die Gefühle auszusperren, die seine Berührungen in mir geweckt hatten. Die er in mir weckte, allein weil er da war. Dann dachte ich an die irrsinnigen Witzgeschenke, die ich in seine Tüte geworfen hatte und zog eine Grimasse bei der Vorstellung, sie tatsächlich zu verwenden. Harmlos oder nicht. „Ich weiß, dass ich auf deinen Schoß geklettert bin. Und nein, schau nicht einmal in die Geschenktüte. Die hab ich zusammengestellt, als ich dich gehasst habe", grummelte ich. Mein Gehirn sagte mir, dass ich vernünftig sein sollte, aber mein Körper war damit definitiv nicht einverstanden. „Aufzuhören, mag zwar nicht das Einfachste sein, aber es ist das Richtige."

„Tust du immer das Richtige?", fragte Jack. Er sah schlecht gelaunt aus. Ich machte ihm keinen Vorwurf. Ich verspürte ebenfalls etwas schlechte Laune. Ein Orgasmus würde dieses Problem beheben. Aber nein, mein dummes Gehirn musste mich vom Abgrund zurückreißen.

Ich dachte über seine Frage nach. „Ich schätze. Wenn ich das nicht täte, würden wir jetzt nackt sein."

Jack stöhnte, während er sich mit einer Hand über sein Kiefer rieb, wodurch seine Bartstoppeln über seine Handfläche kratzten.

„Tust du es?", fragte ich. Mein Puls nahm endlich wieder eine normale Frequenz an. „Tust du das Richtige?"

„Früher habe ich das getan." Jack seufzte, schloss seine Augen kurz.

„Also was ist passiert?"

Er hob eine Augenbraue, aber schwieg.

„Oh", flüsterte ich. Ich hatte eine ziemlich genaue Vorstellung, wann er die Orientierung in seinem Leben verloren hatte.

„Willst du wirklich, dass ich es ausspreche?", fragte er mit rauer Stimme.

Ich biss auf meine Lippe und nickte. Ich wollte es nicht, aber ich musste wissen, was so schief gelaufen war, dass er nie zurückgekommen war.

„Du und Onkel Owen waren die Einzigen, die mein wahres Ich gesehen haben. Die den Wunsch in mir geweckt haben, eine bessere Person zu sein. Als du... ich meine Violet, diese Täuschungsaktion durchgezogen hat, dachte ich, dass für dich alles nur ein Spiel gewesen sei."

Ich sah, wie Jacks Adamsapfel hüpfte, als er schluckte. Er drehte sich und sah mich an. Sah mich richtig an mit diesen abgrundtiefen blauen Augen. Darin sah ich zehn Jahre an Emotionen. Trauer, Bitterkeit, Ärger. „Ich liebte dich, Miller. Du warst die Eine. Auch wenn ich es dir nicht gesagt habe, auch wenn ich nicht den Mut aufgebracht hätte, dich um ein Date zu bitten. Ich wusste es. Sogar mit siebzehn."

Tränen traten mir in die Augen, ein schmerzhafter Klumpen blockierte meine Kehle. Er hatte gesagt, er hatte mich geliebt. Vergangenheit. Zu wissen, dass er mich geliebt und dann damit aufgehört hatte, war schrecklich.

„Mir wurde bewusst, dass meine Eltern vielleicht doch recht damit gehabt hatten, dass sie mich zurückgelassen haben. Dass ich es nicht wert war. Ich dachte, so wie du mit mir gespielt hast, denkst du genauso."

Ich keuchte, da ich zu realisieren begann, wie grausam Violet gewesen war. Wie grausam er gedacht hatte, dass ich wäre. Eine für Violet völlig belanglose Sache hatte Jack so tiefgehend beeinflusst.

„Danach gab es hier nichts mehr für mich. Bozeman war nach meinem Abschluss einfach nur eine dämliche Stadt. Onkel Owen hat verstanden, dass ich gehen musste und er ließ mich ziehen. Ich nahm das Stipendium der Universität von Miami an und floh." Jack lachte humorlos. „Zehn Jahre später fliehe ich immer noch. Bin immer noch verbittert."

KAPITEL 13

„Jack", flüsterte ich, während ich mich hochstemmte und mich wieder rittlings auf seinen Schoß setzte. Ich spürte seine harten Schenkel, seinen Schwanz, der jetzt ebenfalls hart war, zwischen uns. Ich nahm sein Gesicht in meine Hände und küsste ihn. Küsste ihn mit all der Leidenschaft, die ich zurückgehalten hatte. Meine Zunge begegnete seiner, wand sich um sie, genau so wie ich es in meinem Liebesroman beschrieben hatte. Zehn Jahre Verlangen wurden zwischen uns freigesetzt,

Jacks Hände wanderten meinen Körper hinauf, liebkosten und erkundeten.

Ich glitt mit meinen Fingern durch seine Haare, knabberte an seinem Kiefer, meine Lippen kribbelten von seinen rauen Stoppeln. „Jack", flüsterte ich wieder.

Bevor ich noch einmal Luft holen konnte, hob er mich an der Taille hoch und legte mich zurück auf das Sofa, weg von sich. Ich lag da, sah ihn an, mein Atem kam stoßweise, mein Verlangen war unerfüllt.

„Jack?"

„Meine Güte, Miller." Jack fuhr sich mit der Hand durch seine Haare. Durch seine Kleiderschichten konnte ich sehen, dass er ebenfalls versuchte, wieder zu Atem zu kommen. „Zum ersten Mal seit zehn Jahren", sagte er, wobei seine Stimme ganz rau vor Begehren war, „werde ich das Richtige tun. Ich will dich unter mich ziehen und dich vögeln, bis wir nicht mehr wissen, wo du anfängst und ich aufhöre. Aber wie du gesagt hast, werde ich gehen."

Sein Blick heftete sich auf mich. Eine Wildheit, die ich zuvor nicht gesehen hatte, lag darin, unterdrückt von jahrelanger Wut. Verrat. Frust.

Das Bild seines nackten Körpers, der sich auf mich, in mich drückte, heizte mir von neuem ein. Meine Nippel zogen sich unter all den Kleiderschichten sogar noch fester zusammen.

„Das eine Mal, dass ich das Falsche tun möchte", sagte ich, immer noch schlecht gelaunt. Aber genau in diesem Moment, genau dort auf Onkel Owens Sofa verliebte ich mich in Jack. Wieder. Er hatte eine gute Seite und Jack entdeckte gerade, dass sie noch immer da war, tief vergraben unter jahrelangem Schmerz.

Jack hob meine Füße hoch und auf seinen Schoß, sodass ich der Länge nach auf der Couch lag und mein Kopf auf einem Kissen am anderen Ende ruhte. „Das eine Mal, dass ich das Richtige tun möchte." Seine Lippen verzogen sich zu einem halbherzigen

Lächeln. „Ich muss meinen Verstand verloren haben."

Ich musste an etwas anderes denken als seine Hände auf mir oder wie mein Körper an bestimmten Stellen pulsierte. Für ihn. Nur für ihn. „Warum...warum bist du zurückgekommen?"

Sein Blick schwenkte zum Fernseher, aber ich wusste, dass er ihn gar nicht richtig sah. Hinter dieser Reise nach Bozeman steckte viel mehr als die Katastrophe mit dem Haus seines Onkels.

„Ich wurde gefeuert."

Sein Daumen streichelte träge durch meine dicke Wollsocke über meinen Fuß. Ich bezweifelte, dass ihm bewusst war, dass er das tat. Ich merkte es. Kleine lustvolle Kreise wanderten über die Unterseite meines Fußes. Ich hatte keine Ahnung gehabt, dass das eine solch erogene Zone war. Ich stellte mir vor, wie es sich wohl anfühlen würde, wenn wir nicht von Kopf bis Fuß in so vielen Kleidern stecken würden, dass wir genauso gut Sherpas auf dem Weg zum Mt. Everest sein könnten...und wenn dieser Daumen stattdessen meinen Nippel umkreisen würde.

„Die Firma, für die ich gearbeitet habe, hat sich um hochkarätige Scheidungen gekümmert. Reiche und mächtige Leute, die nicht wollten, dass ihre Ex auch nur einen Dime bekommen. Es war meine Aufgabe, sicherzustellen, dass das auch geschah."

„Das klingt nicht gerade ethisch korrekt", merkte ich an.

Jack schüttelte den Kopf, sein Kiefer war angespannt. „Das war es nicht. Fünf Jahrelang hat es mich nicht gestört. Ich habe keinen Gedanken daran verschwendet, was ich tue. Was richtig oder falsch war. Daran, ob das, was *ich* tat, richtig oder falsch war."

Jetzt verstand ich seine Worte von vorhin. „Das Richtige tun."

Jack nickte. „Ich half einer Frau dabei, ihr Kind als Druckmittel zu verwenden, um die Millionen zu bekommen, die sie wollte. Sie hat sich nie etwas aus ihrem Sohn gemacht. Nachdem ihr der Ehemann das Geld gegeben hatte, hat sie sich geweigert, das Kind herzugeben, damit sie noch Unterhalt einstreichen konnte."

Das klang nicht gut. „Was ist passiert?", flüsterte ich.

„Die schlechte Mom erhielt zehn Millionen Dollar Abfindung, schickte das Kind auf ein Internat in der Schweiz und sackte dreißigtausend im Monat an Unterhalt ein."

„Wow." Ich konnte mir diese Menge Geld oder diese Art von Egoismus nicht einmal vorstellen.

„Der Junge ist sieben."

„Heilige Scheiße." Ich konnte mir einen Siebenjährigen nicht ganz allein in einem fremden Land vorstellen. Dann dachte ich an Jacks Kindheit.

„Er hat dich an dich selbst erinnert, nicht wahr?"

Jack richtete seine leeren Augen auf mich,

nickte. „Meine Eltern haben sich nie um mich gekümmert. Es war egal, da ich meinen Onkel hatte, aber dieses Kind hat jetzt niemanden. Das Gericht hat veranlasst, dass der Dad ihn nur einmal im Monat sehen darf, unter Beobachtung und das auch nur, wenn er im Land ist."

Ich spürte einen Anflug von Mitleid für den kleinen Jungen, aber auch für den kleinen Jungen, der einmal Jack gewesen war. Er behauptete, es wäre egal. Ich bezweifelte das. Welches Kind konnte mit der Ablehnung seiner Eltern in so jungen Jahren umgehen? Onkel oder nicht, die Taten von Jacks Eltern hatten sein Leben beeinflusst. Und das nicht auf die gute Art.

„Warum wurdest du gefeuert? Klingt, als hättest du den Fall gewonnen."

Jack schaltete den Fernseher mit der Fernbedienung aus und warf sie mit einem lauten Klong auf den Wohnzimmertisch. „Das habe ich. Der Ehemann hat beim Ethikrat eine Beschwerde über die Taktiken, die meine Firma einsetzt, eingereicht. Meine

Firma hat mich zum Sündenbock gemacht und mir die ganzen zwielichtigen Untersuchungen und die zweifelhaften Deals untergeschoben. Sie haben behauptet, ich sei derjenige gewesen, der all die Jahre die Ethikregeln verbogen hätte, um die Wünsche meiner Klienten zu erfüllen."

Ich stemmte mich auf meine Ellbogen, schockiert. „Was? Du?" Ich war so wütend für ihn. „Hast du das getan?"

Jack holte tief Luft. „Ja."

„Haben sie es getan?"

Seine dunklen Augen sprühten Funken vor Wut, seine Hände drückten meine Füße fester. „Ja. Es ist jedoch nicht von Bedeutung. Sie sind jetzt fein raus. Ich andererseits werde vielleicht nie mehr wieder als Anwalt praktizieren dürfen."

„Und Onkel Owen? Woher wusste er es?"

„In Miami kommt es in allen Nachrichten. Ich denke, er hat davon gehört und seine Krankheit vorgetäuscht, um mich dort rauszuholen."

Ich lächelte, während ich an Onkel Owen

dachte und daran, wie nett er war. „Er ist wirklich fantastisch. Er sorgt sich so sehr um dich, dass er dich zurückholt und ist klug genug, dir die Hausrenovierung zu überlassen." Ich sah mich um. Das Wohnzimmer sah normal aus, wenn man von der Tatsache absah, dass es so kalt war, dass wir im Haus Winterkleidung tragen mussten. Die Küche brauchte mindestens noch zwei Wochen, bevor sie wieder benutzt werden konnte.

Jack lächelte. Ein dünnes, schwaches Lächeln, aber dennoch ein Lächeln.

„Wann gehst du zurück?" Es stand außer Frage, dass er nach Florida zurückkehren würde.

„Du hast ein paar von den Anrufen mit meinem Anwalt mitgekriegt. Und ja, bevor du fragst, auch ein Anwalt braucht manchmal einen Anwalt. Vor allem in dieser beschissenen Situation. Ich wollte eigentlich morgen früh gehen, aber da diese verrückte Frau frei herumrennt, werde ich dich nicht allein lassen, bis sie weggesperrt ist."

Seine Worte fühlten sich gut an. Sie wärmten eine Stelle in meinem Herzen, von der ich wusste, dass sie vielleicht nie heilen würde, wenn er erst einmal ging. Jack tat das Richtige. Wieder.

„Was ist mit dem Ethikrat?"

„Ich habe das Treffen nach hinten verlegt."

~

Ich wachte mal wieder in Jacks Armen auf. Es fühlte sich verdammt gut an, dass er mich die ganze Nacht gehalten hatte und ich seinen Herzschlag unter meinem Ohr hatte hören können. Was sich nicht gut anfühlte, war mein steifer Nacken und der Schmerz in meiner Hüfte, weil ich in einer unbequemen Position auf die Couch gequetscht gewesen war. Wir waren ineinander verschlungen, Arme und Beine miteinander verhakt, vergraben unter der dicken Daunendecke. Wir waren eingeschlafen, während wir einen schlechten Film angeschaut hatten, da wir beschlossen hatten, es wäre sicherer, wenn wir uns vom Gästezimmer fernhielten. Auch wenn er nicht am Morgen ging, würde er dennoch gehen. Jack hatte zugegeben, dass er keine Selbstbeherrschung mehr hätte, wenn ein Bett involviert wäre und meine eigene Selbstbeherrschung war nicht stark genug, um ihn abzuweisen.

Je mehr ich über Jack erfuhr, desto mehr faszinierte er mich. Er hatte in seinem Leben so viel durchgemacht: er wurde verlassen, abgewiesen und vor kurzem getäuscht. Tief in ihm sah ich seine Gutherzigkeit, wie beispielsweise sein Interesse, in Bozeman zu bleiben und mir mit der verrückten Frau in der pinken Jacke zu helfen. Er hätte auch sofort nach Miami zurückgehen und sich um das Chaos in seinem Leben kümmern können, aber er hatte sich dazu entschieden, länger hier zu bleiben und stattdessen mir – und seinem Onkel – zu helfen.

Wir hielten bei dem Drive-In Java Hut

und kauften extra große schwarze Kaffees zum Mitnehmen. Das herbe Aroma füllte den Van. Der Himmel war bleigrau, die Wolken dick und hingen tief über unseren Köpfen. Schnee war im Anmarsch. Jack öffnete die Tür zu Violets Haus, spähte hinein. „Alles klar", sagte er zu mir, da ich anderthalb Meter hinter ihm stand, bereit wegzurennen, falls die Schlange beschloss, zu flüchten.

Wir gingen ins Wohnzimmer, ich mit zögerlichen Schritten. Jasper lag zusammengerollt in seinem Terrarium und wirkte vollauf zufrieden. Keine Maus war zu sehen.

„Wow, gute Arbeit", lobte ich beeindruckt. Erleichtert. Ich stieß den Atem aus, den ich unbewusst angehalten hatte.

Jack legte den Deckel wieder auf das Terrarium und wir räumten auf, brachten das Zimmer wieder in seinen geordneten Zustand. Da ich im Moment auf Violet nicht besonders gut zu sprechen war, war ich nicht mit meinem Herzen bei der Sache. Sie konnte ihr Haus selber aufräumen, wenn sie nach Hause kam.

„Der erste Punkt auf der Liste heute ist, Jasper loszuwerden", erklärte ich Jack, während ich ein dekoratives Kissen zurück auf die Couch warf.

Jack musterte mich belustigt. „Wie willst du ihn loswerden?"

„Ganz egal, wie wenig ich Schlangen leiden kann, ich will keiner schaden." Ich deutete auf Jasper. „Er wird zum Haus eines anderen Lehrers gebracht. Du trägst ihn raus zum Van, ich werde fahren."

Ich schloss die Tür hinter uns ab, während Jack das große Glasterrarium in den Armen trug. Ich zuckte zusammen, als ich Jasper anschaute, der eng zusammengerollt auf seinem heißen Stein lag. Es würde eine kalte Fahrt für ihn werden, da der Stein nicht an den Strom angeschlossen war, aber er würde die kurze Fahrt überleben. Wir liefen den geschippten

Weg hinunter und sahen, wie die gruselige Frau aus ihrem Auto stieg. Es war ein älteres Oldsmobile-Modell, silber und an vielen Stellen verrostet. In der Windschutzscheibe war ein Riss und die Antenne war verbogen. Beide, sie und ihr Auto, hatten schon bessere Zeiten gesehen.

„Beeil dich und öffne den Kofferraum. Mit dem Ding in den Armen kann ich nichts tun", befahl mir Jack mit harter Stimme. Seine Augen lagen auf der Frau, die auf uns zulief.

Ich eilte zum Van, um die Hintertüren aufzureißen und half Jack dabei, Jasper neben den Werkzeugen einzuladen und schloss die Tür mit einem lauten Knall. Die gruselige Frau näherte sich uns.

„Sie!" Sie deutete auf mich, ihre Hand war locker mit einer Mullbinde umwickelt, deren Ende von ihrem Handgelenk baumelte. Sie war blond, aber ihr Haaransatz zeigte sich deutlich. Ihre Haare waren zu einem Pferdeschwanz zurückgebunden, strähnig und mussten mal wieder gewaschen werden. Sie trug die gleiche pinke dicke Jacke, aber aus der Nähe konnte ich kleine Löcher auf der gesamten linken Seite sehen, aus denen kleine weiße Daunenfedern fielen.

„Ich?" Ich deutete auf mich. „Kenne ich Sie?"

Die Frau stotterte überrascht. „Nein. Aber Sie kennen meinen Ehemann."

Jack sah mich verwirrt an. Ich zuckte mit den Schultern.

„Wer ist Ihr Ehemann?"

Sie verdrehte die Augen. „Ronald."

Ich dachte einen Moment nach. „Nein, da klingelt nichts. Geht es Ihnen gut? Es sieht aus, als ob mit Ihrem Mantel etwas nicht stimmt. Es sieht aus als – "

„Wäre auf sie geschossen worden", beendete Jack meinen Satz. Er stand breitbeinig da, öffnete und ballte seine Hände an seinen Seiten, als ob er sich für einen Kampf bereit machte. Das wäre ein ziemlich unausgeglichener Kampf, da Jack mindestens fünfundsiebzig Pfund schwerer war als sie, aber es war nie klug, die Verrückten zu unterschätzen.

„Dieser verrückte alte Mann!" Sie deutete zum Haus des alten Mr. Chalmers. Ich bezweifelte nicht, dass er alles beobachtete.

Die verrückte Frau wandte sich an Jack. „Wer zur Hölle sind Sie?" Bevor er antworten konnte, fuhr sie fort: „Wenn Sie denken, dass diese Frau bei Ihnen bleiben wird, haben Sie sich geschnitten." Sie deutete mit ihrem Daumen auf mich. „Süßer, sie steht nur auf verheiratete Männer. Sind Sie verheiratet?"

Jack stand mit versteinerter Miene da, aber ich sah, dass sein Mundwinkel zuckte und ich wusste, er versuchte, nicht zu lachen. „Nein", antwortete er.

„An Ihrer Stelle würde ich mir eine andere Frau suchen. Sie ist eine Ehezerstörerin."

„Hey!", protestierte ich beleidigt.

„Ich behalte Sie im Auge!" Wieder deutete sie mit ihrer verletzten Hand auf mich. „Ich will Sie nicht in der Nähe von Ronald sehen. Er gehört allein mir."

„Sie können ihn haben", grummelte ich. „Hören Sie, wir müssen los. War nett Sie kennenzulernen, ähm, wie heißen Sie?"

„Lorraine."

„Lorraine, war nett Sie kennenzulernen." Ich drehte mich um und lief zur Fahrerseite des Vans. „Glaube ich", flüsterte ich bei mir.

Jack und ich stiegen ein und ich fuhr so schnell davon, wie es der Van und der komprimierte Schnee zuließen. George der Gartenzwerg kippte auf dem Boden um. Ich zuckte bei dem Geräusch der Keramik, die auf die Fußmatte knallte, zusammen. „Heb den bitte auf, ja? Er hat schon genug Risse. Wenn er zerbricht, bekomme ich große Schwierigkeiten mit einem Siebenjährigen."

Jack hob ihn, ohne Fragen zu stellen, hoch und setzte ihn auf seinen Schoß.

„Wer zur Hölle ist diese Frau?", fragte Jack, nach dem wir zwei Blöcke weit gefahren waren. Ich sah in den Rückspiegel und bemerkte, dass das Oldsmobile uns in der Ferne folgte.

„Ich habe keine Ahnung. Aber ich schätze, ich kenne ihren Ehemann, Ronald." Ich durchforstete mein Gehirn nach einem Ronald. Kein Glück. Der letzte Kerl, mit dem ich ausgegangen war, war ein Chris gewesen und er wäre definitiv nicht mit der verrückten Lady Lorraine verheiratet.

Jack schwieg für einen Moment. „Vielleicht ist sie gar nicht an dir interessiert."

Ich blickte kurz zu Jack, bevor ich meine Augen wieder auf die Straße vor uns richtete. Es hatte angefangen zu schneien, das leichte fluffige Zeug, das guten Puderschnee im Ski Resort bedeutete. Es bedeutete auch, dass es wärmer geworden war. Wenn es bitterkalt war, war die Luft normalerweise zu trocken, als dass es schneien konnte wegen irgendeinem meteorlogischen Hochdruck Ding. Eine Wetterfront musste reingezogen und feuchtere Luft und gefrorenen Niederschlag mitgebracht haben.

Es bedeutete ebenfalls, dass die Straßen vereist waren. In dem Moment, in dem ich meine Augen von der Straße nahm, fuhr ich über eine Stelle von dem rutschigen Zeug. Ich nahm den Fuß vom Gaspedal und lenkte den Van zum Straßenrand. Nach jahrelangem Fahren in verschneiten Bedingungen wusste ich, dass ich mit meinem Fuß nicht auf die Bremse treten durfte. Wir schlitterten nur ungefähr drei Meter weit, was allerdings ausreichte, um meine Werkzeuge und Rohre im Kofferraum herumfliegen zu lassen. Da wir ohnehin am Straßenrand standen, schaltete ich den Van aus und wandte mich zu Jack. Anscheinend führte ich sie sehr oft mit ihm, diese Plaudereien am Straßenrand.

„Nicht an mir interessiert?" Ich starrte ihn an, während ich versuchte, zu verstehen, worüber er sprach. Da traf es mich wie ein Schlag. „Du meinst…" Ich stotterte und dann schlug ich mit der flachen Hand auf das Lenkrad. „Du meinst, sie könnte denken, ich bin Violet", sagte ich wütend.

„Kennst du einen Ronald?"

Ich runzelte die Stirn. „Nein." Ich zog mein Handy aus meiner Jackentasche, wählte Violets Nummer, stöhnte. „Mailbox." Ich hörte mir ihre Nachricht an und sprach dann: „Violet. Kennst du zufällig einen Kerl namens Roland?"

„Ronald", verbesserte mich Jack, der über seine Schulter in den hinteren Teil des Vans spähte.

„Ronald", wiederholte ich ins Telefon. „Einen Kerl namens Ronald? Denn seine Frau glaubt das. Ruf mich an." Ich drückte auf Beenden. „Sie ist so eine nervige Schwester, die sich überall einmischen muss! Ich weiß, du kannst die Tatsache, dass ich sie liebe und gleichzeitig töten will, nicht verstehen, Reid."

Ich sah in den Seitenspiegel, fuhr zurück auf die Straße und mit der langsamen Montana Geschwindigkeit.

Aus meinem Augenwinkel sah ich, dass Jack mir einen Blick zu warf.

„Nein. Meine Eltern haben sich aus dem

Staub gemacht. Mein Onkel ist alles, was ich habe", erwiderte er.

„Du hast ihn nach deinem Abschluss verlassen und bist nicht wieder zurückgekommen", konterte ich.

Jacks Gesicht wurde hart. „Ich habe ihn nach Florida und zu anderen Orten gebracht, damit wir uns besuchen konnten. Wir sehen einander ein paarmal im Jahr. Aber hierher zurückkommen? In Bozeman gibt es zu viele schlechte Erinnerungen für mich."

„Einschließlich mir." Rückblickend war das Highschool-Date-Fiasko auch für mich eine schlechte Erinnerung. Aber ich hatte liebevolle, gutherzige Eltern und eine Schwester, die ich angeblich immer noch liebte. Sie waren alle da gewesen, um mir über den Schmerz über Jacks angebliche Zurückweisung hinwegzuhelfen. Jack hatte niemanden gehabt.

Seufzend fügte Jack mit leiser Stimme hinzu: „Ja, du warst Teil der schlechten Erinnerungen."

Ich spürte, wie mir Tränen in die Augen

stiegen und die Straße leicht vor meinen Augen verschwamm. Ein Klumpen bildete sich in meiner Kehle und ich schluckte ihn mühevoll hinunter, bevor ich reden konnte: „Oh, Gott. Ich fühle mich so schrecklich, dass ich einer der Gründe bin, aus denen du dich ferngehalten hast."

Jack schüttelte den Kopf und hob eine Hand zu meiner Wange, während ich weiterfuhr. Seine Berührung war leicht, sanft, zärtlich. „Nicht mehr."

Ich lächelte matt. „Vielleicht kann ich einer der Gründe sein, aus denen du bleibst."

In dieser Aussage schwang eine Menge Hoffnung mit. Ich konzentrierte mich auf die Straße, während ich mir vorstellte, dass er dauerhaft in der Stadt zurück wäre. Ich spürte, dass Jacks Hand den Saum meiner Jacke streifte, seine Finger kitzelten an meiner bloßen Haut unter dem lockeren Sweatshirtsaum.

Die Empfindung war irgendwie erotisch, weil er ein kleines Stückchen Haut unter all den Kleiderschichten gefunden hatte. Seine

Finger waren auf meiner warmen – und immer wärmer werdenden – Haut kalt. „Jack, ich versuche zu fahren", sagte ich lächelnd. Ich mochte seine vorwitzigen Finger.

„Was?", fragte er.

„Ich kann mich nicht aufs Fahren konzentrieren, wenn du…mich auf diese Weise berührst", erwiderte ich leicht atemlos, weil allein seine Fingerspitzen mich dermaßen antörnen konnten.

Ich warf Jack einen Blick zu. Er sah mich an, als wäre ich verrückt, und hielt seine Hände vor sich hoch wie ein Arzt vor einer OP. „Ich berühre dich nicht", entgegnete er mit ruhiger, ernster Stimme.

„Dann was…"

Ich sah nach unten, schrie wie am Spieß und trat mit voller Wucht auf die Bremse. Jack flog nach vorne in seinen Gurt, die Rohre sausten durch die Luft.

Er hatte nicht meine Seite liebkost. Jasper die Schlange hatte das getan. Mit seinen

Knopfaugen und der kleinen gespaltenen Zunge kitzelte er meine Hüfte.

Ich schrie wie ein abgestochenes Schwein und wollte schneller aus dem Van als aus einem brennenden Haus, aber die Schlange hatte sich eng um den Gurt gewickelt und ich würde sie nicht anfassen. *„Mach sie weg! Mach sie weg! Heilige Scheiße, mach den verdammten Gurt weg!"*

Ich befand mich mitten in einer Kampf-oder-Flucht-Reaktion, aber ich würde nicht mit einer Schlange kämpfen, also versuchte ich zu fliehen. Es funktionierte nicht. Ich schlug mit den Armen durch die Luft und schrie, während Jack versuchte, Jasper vom Gurt zu wickeln und mich abzuschnallen.

„Meine Güte Miller, ich werde noch taub", sagte Jack, der Probleme hatte, Jasper von mir und meinem Gurt zu lösen. „Warte kurz, er bewegt sich nach oben."

Wenn ich keine Schlange unter meinem Oberteil hätte, hätte ich diesen Moment vielleicht genossen, da Jack mit einem Arm in den weiten Ausschnitt meines Sweaters griff. Jetzt begrabschte definitiv *er* mich, seine Hand lag warm auf meiner Brust, während er darum rang, die sich windende Schlange zu packen.

„Reid!"

„Sorry, aber er ist überall!" Jack atmete schwer und kämpfte in meinen Klamotten mit Jasper.

Seine tiefer liegende Hand zog nach unten, zerrte Jasper heraus und nach einigen weiteren Sekunden, die sich wie Stunden anfühlten, hörte ich das Klicken, spürte, wie der Druck des Gurtes nachließ. Jacks Hände glitten aus meinem Sweatshirt und ich riss fast den Türgriff ab in meiner Eile, aus dem Van zu entkommen, als wären die Höllenhunde höchstpersönlich hinter mir her.

Mir war egal, ob ein Auto kam oder nicht. Ich hatte Schlangenspucke und garantiert irgendwelche Keime auf mir und überfahren zu werden, wäre nicht so schlimm wie das. Ich tigerte vor dem Van hin und her, wackelte mit den Armen, zuckte mit den Schultern und zitterte – nicht vor Kälte – sondern wegen meiner Nahtoderfahrung mit einem Reptil. Sicher, ich wurde nicht gebissen und würde keinen langsamen Gifttod sterben, aber so heftig wie mein Herz gerade schlug, dass es mir aus der Brust zu donnern drohte, wäre ein Herzinfarkt keine Überraschung.

KAPITEL 14

*J*ack trat an der Motorhaube zu mir. „Geht's dir gut?", fragte er, während er seine Hände auf meine Oberarme legte.

Ich hatte meine kleine Panikattacke noch nicht beendet.

„Miller, reiß dich zusammen." Er schüttelte mich leicht. „Es war nur eine Schlange."

Ich sah ihn an. „Nur eine Schlange? Nur eine Schlange?" Meine Stimme stieg um eine ganze Oktave. „Es hat kein Reptil

angefangen, mit dir rumzumachen!", schrie
ich so giftig wie ich konnte.

Er riss mich in seine Arme, drückte mich
an seinen harten Körper, meine Wange
wurde vom Nylon seiner Jacke gekühlt.
„Schh", flüsterte er mir ins Ohr, während er
beruhigend über meinen Rücken streichelte.
„Es ist jetzt alles in Ordnung. Schh."

Als sich das Adrenalin zu verflüchtigen
begann, bemerkte ich, wie tröstlich es war, in
Jacks Armen zu liegen. Wie gut es sich
anfühlte, dass er mich beruhigte.

„Ich muss schon sagen, Miller, das
nächste Mal, wenn du möchtest, dass ich
deine Brüste massiere, lass uns auf die
Schlange verzichten."

Ich löste mich von ihm und schlug ihm
kichernd auf den Arm. Sein Versuch, die
Stimmung zu heben, funktionierte.

Als wir da in der Eiseskälte standen und
Jack meine strapazierten Nerven beruhigte,
fuhr das Oldsmobile vorbei. Wir sahen die
Bremslichter und beobachteten dann, wie der

Wagen auf dem komprimierten Schnee ins Schlingern geriet und in den Straßengraben rutschte. Lorraine war eindeutig nicht geübt im Fahren im Schnee. Das Auto war ein ganzes Stück von der Straße gerutscht, aber nicht so weit, als dass ich mir Sorgen um die Sicherheit der Frau hätte machen müssen. Das Auto würde allerdings ohne die Hilfe einiger Leute feststecken. Da es höchstwahrscheinlich einen Hinterradantrieb hatte, würde sogar ein Abschleppwagen erforderlich sein.

Jack lockerte seinen Griff und deutete auf das Auto, aus dem weiße Abgaswolken quollen. „Sie kennt dich." Er stopfte seine Hände in seine Jackentaschen. Schneeflocken zierten seine dunkle Mütze. „Sie ist sich da völlig sicher. Wie lange folgt sie dir schon?"

Ich dachte einen Moment nach, verzog meinen Mund. „Ähm…vielleicht drei Tage?"

„Sie ist hartnäckig, das muss man ihr lassen", erwiderte er trocken.

Wir beobachteten durch den Schneefall, wie Lorraine die Fahrertür aufdrückte und ein Bein hinausschwang, um auszusteigen.

Weil das Auto in dem Straßengraben zur Beifahrerseite geneigt war, schlug die Tür wieder zu, direkt auf ihr Bein. Jack und ich zuckten beide zusammen.

Es war, als würde man eine Slapstickkomödie beobachten. Nach mehreren Versuchen blieb die Tür offenstehen, indem sie mit ihren Nicht-Winter-Stiefeln dagegen trat, wodurch sie letztendlich in der Lage war, aus dem Auto zu klettern und vorsichtig zu uns zu humpeln. Ich zog den Schal um meinen Hals fester, um die Schneeflocken auszusperren und versuchte nicht darüber nachzudenken, wie es für Jack ausgesehen haben musste, dass ich wegen einer entlaufenen Schlange so durchgedreht war. Glücklicherweise war das Ganze nicht gefilmt worden.

„Geht's dir gut?", fragte ich und schaute auf ihr Bein. Man sah kein Blut, aber es musste schrecklich wehtun.

„Wenn du nicht mit meinem Ehemann geschlafen hättest, wäre ich jetzt nicht hier und würde mir meinen Arsch abfrieren."

Violet. Es musste Violet gewesen sein.

„Ich denke, du suchst nach ihrer Schwester", sagte Jack und deutete auf mich. Er zog seine Schultern als Schutz vor dem Schnee zusammen.

Lorraine schüttelte vehement ihren Kopf, während dicke Schneeflocken in ihren blondierten Haaren landeten. „Nein. Ich suche nach dir. Ich habe euch zusammen im Auto gesehen. Ich erkenne dich."

„Ich bin ein eineiiger Zwilling."

Lorraine schnaubte. „Ja, genau. Und ich bin Cindy Crawford. Das habe ich schon mal gehört. Gute Ausrede." Sie sah zu Jack. „Also Romeo, ist es wahr, was sie behauptet?"

Jack zuckte mit seinen bereits gehobenen Schultern. „Glaub mir, sie ist ein Zwilling. Ich konnte sie auch nicht auseinanderhalten." Er wandte sich mir zu und warf mir einen bedeutungsvollen Blick zu. „Siehst du, ich bin nicht der Einzige, der euch nicht unterscheiden kann."

Ich sah ihn finster an, auch wenn ihn das völlig kalt ließ.

„Lass uns zu deinem *Zwilling* gehen und du bist mich los", sagte Lorraine und rieb ihre Hände aneinander.

Mist. „Sie ist auf einer Lehrerkonferenz in Salt Lake."

„Sicher ist sie das. Bis sie von ihrer angeblichen Reise zurückkommt, werde ich dir im Nacken sitzen wie Fliegen auf Scheiße."

Ich verzog bei dieser lieblichen Metapher das Gesicht. Sie und Goldie sollten sich mal treffen.

Jack legte einen Arm um meine Schulter und beugte sich nah zu mir, sodass nur ich ihn hören konnte. Sein Atem war warm an meinem Ohr. Ich roch seine Haut, männlich und würzig und herb. Gänsehaut breitete sich auf meinem Körper aus und das nicht wegen der Kälte. „Kennst du den Spruch 'Halte deine Freunde nahe bei dir, aber deine Feinde noch näher'? Wir sollten vielleicht einfach für den Moment mit ihr auskommen. Ich glaube, sie ist nur eine

Haaresbreite davon entfernt, durchzudrehen."

Wir schauten sie beide an. Bandagierte Hand, zerschossene Jacke, malträtiertes Bein. Die Frau hatte keinen guten Tag. Und ihrer Meinung nach, hatte ich auch noch mit ihrem Ehemann geschlafen. Jack hatte recht. Es war keine gute Idee, sich mit einer Frau anzulegen, die erzürnt war.

„Lorraine, brauchst du Hilfe, dein Auto aus dem Straßengraben zu ziehen?", fragte ich mit meiner süßesten Stimme. Wenn wir das ganze Metapher Ding durchzogen, dann wollte ich wenigstens der Honig sein, nicht der Essig.

„Zur Hölle nein. Lass das Stück Schrott verrotten, das ist mir egal. Ich werde deinen Van nehmen." Sie stolzierte an uns vorbei zum Van.

„Was? Auf keinen Fall! Da sind all meine Werkzeuge, mein gesamtes Geschäft drin", protestierte ich aufgebracht.

„Pech", entgegnete Lorraine und rannte schneller los, als ich es in Anbetracht ihrer

Verletzungen erwartet hätte. Ich stürzte ihr hinterher und rutschte auf einer Eisfläche aus, aber Jack war da, um mich am Arm zu packen und davor zu bewahren, auf meinen Hintern zu fallen. Unglücklicherweise erlaubte dieses kleine Zeitfenster Lorraine, auf den Fahrersitz zu hüpfen und mit der Hand auf die Schlossverriegelung zu drücken.

Ich war außer Atem und voller Adrenalin von meinem beinahe Sturz. Ich hämmerte mit meinen Handflächen gegen das Fenster, aber das Geräusch wurde von meinen Handschuhen gedämpft. „Lorraine!"

Durch das Fenster hörte ich sie kichern, während sie den Motor startete. Es war offensichtlich, dass sie die Oberhand hatte und sie sah begeistert darüber aus.

Aus irgendeinem Grund dachte ich an Jasper, der auf dem Boden des Vans herumkroch. Mein Blick schoss zu Jack. „Wo ist Jasper?", fragte ich.

„Ich konnte ihn von deinem Gurt ziehen, aber er ist mir aus den Fingern geglitten und unter den Sitz verschwunden, wo ich ihn nicht erreichen konnte."

Ich starrte ihn dümmlich an. „Du meinst, er ist immer noch frei?" Ich erschauderte bei der Vorstellung.

Jack zuckte nur mit den Achseln.

Ich drehte mich, um Lorraine durch das Fenster zuzurufen: „Ähm, du willst vielleicht nicht – "

„Was will ich nicht?", rief Lorraine, ihre Augen blickten wachsam. „Leg dich nicht mit mir an."

Ich warf Jack einen Blick zu, der wieder mit den Achseln zuckte und sagte: „Wenn wir das Fenster nicht zerbrechen und sie erwürgen wollen, gibt es nicht viel, was wir tun können."

Ich hielt meine Hände hoch. Hoffentlich stellte sie den Van irgendwo ab, wo ich ihn finden konnte und ohne ihn zu beschädigen – oder irgendeines meiner teuren Werkzeuge. Meine ganze Existenzgrundlage befand sich dort drinnen und ich hatte noch nicht einmal meinen Dad fertig ausbezahlt. Ich konnte es jetzt nicht gebrauchen, dass eine verrückte Frau meine Karriere zerstörte.

Wir standen da und beobachten, wie Lorraine davonfuhr und uns zurückließ, während der Schnee leise auf uns fiel und eine weiße Decke um uns bildete. Wenn wir nicht am Straßenrand gestrandet wären, hätte es romantisch sein können. Aber es war einfach nur kalt und feucht. Der Van schaffte nicht mal zwei Meter, bevor das Bremslicht anging, er wild schlingerte, sich mitten auf der Straße um hundertachtzig Grad drehte und stoppte. Glücklicherweise waren keine anderen Autos in Sicht.

Jack sah mich an, ich sah ihn an und wir spurteten zum Van. Er erreichte ihn zuerst. Seine Beine waren länger. Er hämmerte gegen das Fenster und rief: „Lorraine, mach die Tür auf!"

Das tat sie zitternd und als ich dort ankam, hatte Jack bereits die Fahrertür aufgezogen und ihr rausgeholfen. Ich war außer Atem und mir war viel wärmer als vor einer Minute.

Lorraine murmelte etwas darüber, dass sie von einem Gartenzwerg attackiert worden war, und ihre Hand bedeckte ihre Nase. Von meiner Position neben Jack konnte ich sehen, dass Blut zwischen ihren Fingern hindurchsickerte.

Ich überlegte, was ich im Truck hatte, eilte zum Kofferraum und öffnete eine Tür, während meine Augen nach Jasper suchten. Ich griff schnell hinein und schnappte mir ein altes T-Shirt, das ich für die Arbeit aufgehoben hatte, und schloss schnell die Tür.

„Hier, halt das auf deine Nase." Ich reichte Lorraine den Lumpen.

Sie nahm ihn benommen entgegen und zischte, als sie ihn auf ihr Gesicht drückte. „Da drin war eine verdammte Schlange!" Ihre Augen waren wild, als sie zum Van zurücksah.

„Bring sie zum Straßenrand. Ich werde den Van von der Straße fahren." Jack stieg ein und lenkte den Van vorsichtig zum Seitenstreifen.

Ich winkte einem Fahrer zu, der langsamer geworden war, um uns zu helfen, bedankte mich bei ihm und erklärte ihm, dass es uns gut ging. „Wie hast du dir die Nase verletzt?" Mit einem Arm um ihre knochige Schulter gelegt, führte ich Lorraine neben den Van und von der Straße.

„Diese Schlange ist auf den Beifahrersitz gekrochen und ich bin durchgedreht. Auf dem Eis hab ich die Kontrolle verloren", sie schluckte, eindeutig durcheinander von der ganzen Tortur. „Der Van hat stark geschlingert und ein Gartenzwerg kam plötzlich aus dem Nichts und klatschte mir direkt ins Gesicht."

George. Ich versuchte, nicht über den verdrehten Humor der Situation zu lächeln. Der armen Frau blieb aber auch gar nichts erspart.

Jack kam wieder zu uns. „Wir werden dich zur Notaufnahme bringen, damit sie nach dir sehen. Deine Nase könnte gebrochen sein."

„Kein Witz, Sherlock", sagte sie, wobei ihre Stimme ganz nasal klang. „Oh, nein, nicht in diesem Ding!" Lorraine fuchtelte mit wilden Augen herum, als ich sie zu meinem Van führte. „Was zur Hölle hat eine Schlange dort drin zu suchen?"

„Er ist das Haustier einer ersten Klasse. Ich war dabei ihn zu jemandem zu fahren, der auf ihn aufpassen wird", antwortete ich.

„Ich habe Jasper gefunden und ihn zurück ins Terrarium gesetzt", versicherte uns Jack. „Er wird jetzt nicht mehr rauskommen. Ich habe den Werkzeugkoffer drauf gestellt und alles in eine Ecke eingeklemmt. Kommt schon, rein mit euch. Es ist eiskalt und der Schnee läuft mir schon den Nacken runter."

„Ich will die Schlange im Käfig sehen, bevor ich einsteige", verlangte Lorraine nervös.

Ich wollte das ebenfalls sehen. Das würde ich ihr auf keinen Fall erzählen, aber Jasper musste in seinem Terrarium sein, bevor ich auch nur in Erwägung zog, wieder in den Van zu steigen. Auf keinen verdammten Fall würde ich auch nur meinen großen Zeh in den Van stecken, wenn die Schlange nicht sicher weggesperrt wäre.

Jack öffnete die Hintertür und zeigte uns Jasper, der wieder glücklich in seinem Heim lag. Ich beschloss, mich zusammenzureißen. Wir stiegen in den Van und fuhren schweigend zur Notaufnahme, wobei Lorraine und ich uns den Beifahrersitz teilten. George der Gartenzwerg saß mit seinem spöttischen Grinsen auf meinem Schoß.

Ich hatte irgendwie Mitleid mit Lorraine. Ich konnte den ganzen Entlaufene-Schlange-Schreck nur allzu gut nachvollziehen. Jack und ich hatten Glück gehabt, dass wir nicht von George attackiert worden waren wie sie. Und dann gab es noch den eigentlichen Grund, aus dem sie mich stalkte. Sie hatte jedes Recht wütend zu sein und durchzudrehen, falls Violet wirklich mit ihrem Mann geschlafen hatte. Es klang zwar nicht wie etwas, das Violet tun würde, aber es gab da dieses ganze Highschooldrama mit Jack, das mich die Möglichkeit doch in Erwägung ziehen ließ.

Lorraine stieg beim Krankenhauseingang aus, wobei sie ihr Gewicht auf das unverletzte Bein verlagerte und das Nasenbluten stillte.

„Ich weiß, du glaubst mir nicht, aber ich habe wirklich eine eineiige Zwillingsschwester."

Sie musterte mich über das zusammengeknüllte T-Shirt hinweg skeptisch.

„Ich kann verstehen, warum du verärgert bist. Ich wäre auch wütend. Wenn du mich weiterhin verfolgen willst, verstehe ich das. Ich gehe morgen um neun aus dem Haus."

Lorraine brachte kaum ein Lächeln zustande. „Ich bin die Fliege, du bist die Scheiße, schon vergessen?"

Ich nickte, dann kurbelte ich das Fenster hoch, während sie durch die Glasschiebetüren lief.

„Ich bin die Scheiße", wiederholte ich zu Jack, als wir davonfuhren.

Jack schüttelte den Kopf. „Ich hab ganz vergessen, wie verrückt es hier zugeht. Und wie nett die Leute sind." Er sah mich direkt an, wodurch mir bewusstwurde, auf wen er sich damit bezog und ich spürte sogleich, dass meine Wangen rot wurden.

Ich biss auf meine Lippe und fragte mich, ob er dachte, dass Nett-Sein etwas Gutes oder Schlechtes war. „Nur weil Lorraine nervig ist, heißt das noch lange nicht, dass ich nicht nett sein sollte."

Jack dachte darüber nach, während er an einem der Lüftungsschlitze herumfummelte. „Die meisten Leute, die von anderen gestalkt werden, sorgen dafür, dass derjenige verhaftet wird. Du erzählst ihr deinen Tagesablauf. Unfassbar. Du tust immer das Richtige, oder?"

*J*ack fuhr zu Chris Spragues Haus und wir ließen Jasper bei ihm zurück. Ich bin mir sicher, das Houdini-Reptil war genauso glücklich uns los zu sein, wie wir ihn los zu sein. Okay, ich war definitiv viel glücklicher, ihn los zu sein. Ich würde wochenlang Albträume von Schlangen haben, die unter meinem Oberteil hochkrochen.

Danach fuhren wir schweigend zum Haus von Jacks Onkel. Ich war einfach nur erleichtert, nicht einmal mehr Jaspers Schwanzspitze sehen zu müssen. Was Jack dachte, wusste ich nicht so ganz. Sein Gesicht war ausdruckslos und das war wahrscheinlich ein schlechtes Zeichen. Er war ziemlich gut darin, seine Emotionen zu verbergen. Sein Handy klingelte auf dem Weg, er warf einen Blick auf das Display und ließ den Anruf auf die Mailbox gehen.

„Mein Anwalt", grummelte er leise, als ich zu ihm sah.

Ich setzte ihn vor Onkel Owens Haus ab, wo er am Straßenrand stand, der Schnee fiel, seine Schultern waren zum Schutz vor der Kälte nach oben gezogen, er sah elend aus und als würde er sich mental auf den Rückruf bei seinem Anwalt vorbereiten. Ich hegte keinerlei Zweifel daran, dass die Dinge viel schlechter standen, als Jack mir erzählte. Ich wollte ihm helfen, da es mir im Blut lag, Menschen zu helfen, wie es Jack gesagt hatte, aber unglücklicherweise, gab es nichts, das ich tun konnte, um ihm mit seinen Florida-Problemen zu helfen. Ich fuhr weiter zum Goldilocks zum Arbeiten, da ich wusste, dass er dieses Problem selbst lösen musste.

KAPITEL 15

„Marcus kannte sich mit Knoten aus. Als Schiffskapitän hatte er ihre Handgelenke so gefesselt, dass er wusste, dass sie ihm nicht entkommen konnte. Mit den Armen über ihrem Kopf konnte er sie nehmen. Er betrachtete ihren üppigen Körper. Sie hatte Melonen als Brüste, reif, süß und saftig. Weiter unten war sie das ebenfalls. Er wusste, dass sie unter den Samtröcken rosa und feucht war. Auch dort war sie reif und saftig."

Ich las den nächsten Abschnitt von Goldies Buch. „In dem Abschnitt sind eine

Menge reife Früchte enthalten", erzählte ich ihr von meiner Stelle hinter der Theke im Goldilocks. Es war Abendessenszeit, weshalb der Laden ruhig war, keine Kunden. Goldie aß aus einem Styroporbehälter. Italienisch.

Das Restaurant bot eigentlich keinen Lieferdienst an, aber für Goldie machten sie eine Ausnahme. Was auch immer Goldie wollte, wurde innerhalb von dreißig Minuten nach ihrer Bestellung geliefert. Jedes Mal. Das könnte daran liegen, dass sie so eine liebenswürdige Person war, dass der Inhaber das einfach für sie machte, aber ich glaubte eher, dass es etwas mit seiner Vorliebe für Damenunterwäsche und einem sehr speziellen Genre Pornos zu tun hatte. Verschwiegenheit war Goldies Verkaufsgeheimnis, aber es war offensichtlich, dass der Mann der Meinung war, es könnte nicht schaden, Goldie mit Lasagne bei Laune zu halten, nur für den Fall.

„Ich will, dass sie begehrt wird, will den Leser wissen lassen, dass sie reif und bereit für ihn ist", klärte mich Goldie über ihre ungewöhnliche Wortwahl auf.

„Sie ist reif, alles klar", kommentierte ich trocken. Ich war mir nicht sicher, wie ich Goldie beibringen sollte, dass ihre Geschichte schrecklich war. Also tat ich es nicht. „Ich mag die passierte Tomatensoße", sagte ich stattdessen, nahm ein Grissini und tunkte es in eben diese. Ich bekam nicht oft die Gelegenheit, Goldie zu necken, aber indem sie italienisches Essen bestellt hatte, hatte sie mir die Vorlage geliefert, die ich gebraucht hatte.

Goldie schürzte die Lippen und sah mich über ihre schicke, glitzernde Lesebrille an, während Tomatensoße von ihrer Gabel tropfte. „Sehr witzig."

Piep. Ich wühlte in meiner Tasche hinter der Theke nach meinem Handy und las die Nachricht. *Alles ist fertig. Das Haus ist bereit für dich.*

„Ja!", sagte ich und umarmte Goldie kurz. „Mein Haus ist fertig. Ich kann wieder nach Hause ziehen."

„Endlich", entgegnete Goldie. „Was ist mit deiner Geschichte?"

Ich zuckte mit den Schultern. „Ich habe nichts mehr geschrieben."

Goldies Schultern sanken nach unten, sie war eindeutig enttäuscht. „Oh, ich hatte gedacht, dass du und Jack bestimmt einen Schritt weitergegangen wärt." Sie mochte ein Happy End im wahren Leben genauso sehr wie in ihren Liebesromanen. Oder sie wollte, dass ich intime Details ausplauderte.

„Er geht irgendwann morgen." Ich versuchte, meine Stimme nicht traurig klingen zu lassen. Goldie bemerkte so etwas besser als ein Drogenspürhund Drogen.

„Sag ihm, er soll bleiben", meinte Goldie.

„So einfach ist das nicht." Ich rührte die Spagetti gedankenverloren in dem weißen Behälter im Kreis. „Er muss sich um einige Dinge kümmern. Probleme lösen. Goldie, er muss sich mit zehn Jahren an Problemen auseinandersetzen. Ich kann seine Probleme nicht für ihn aus der Welt schaffen, egal wie sehr ich ihm auch helfen möchte. Egal, wie viel Sex wir haben könnten." Außerdem hatte ich ihm bereits gesagt, dass ich der Grund sein wollte, aus dem er blieb und er hatte eindeutig nicht zugehört.

Die Worte auszusprechen, machte mich traurig. Mein Leben war hier. Seines war zweitausend Meilen entfernt. Um dem ganzen noch die Krone aufzusetzen, hatten wir nicht einmal Sex gehabt. Wenn Goldie das wüsste, bin ich mir sicher, dass sie ihn dazu zwingen würde, so lange zu bleiben, bis ich mindestens einen Mann-verursachten-Orgasmus hatte.

~

„Wo bist du?", fragte Jack, als er mich einige Stunden später anrief.

Ich hatte mich glücklich wieder in meinem eigenen Haus ausgebreitet. Nachdem ich das Goldilocks verlassen hatte, hatte ich schnell meine Sachen bei Violet eingepackt und war nach Hause gegangen.

Nach Hause. Begeistert beschrieb nicht einmal annähernd, wie sehr ich mich freute, wieder zurück zu sein. Mein eigenes Bett, mein eigenes alles. Ich hatte die Heizung aufgedreht, sodass es schön warm war und war dann in meine Badewanne gesunken, die ich mit literweise siedend heißem Wasser gefüllt hatte. Oh, wie sehr ich doch meinen Boiler liebte.

„In meinem Haus."

„Deinem Haus? Ist alles repariert?" Er klang überrascht.

Ich lächelte vor mich hin, während ich mit den Seifenblasen spielte, die wie kleine Inseln auf der Wasseroberfläche schwammen. „Jep."

„Was ist das für ein Geräusch? Es klingt, als würdest du Geschirr spülen."

„Ich bin in der Badewanne." Ich hörte ein seltsames Geräusch durch das Telefon. „Jack?"

„Sorry, ich glaube, ich habe gerade meine Zunge verschluckt. Wie lautet deine Adresse?"

Aufregung raste meine Wirbelsäule hinauf. Ich nannte sie ihm. Die Leitung verstummte.

~

„*D*u solltest in der Badewanne sein. Meine Vorstellung, als ich hierhergefahren bin, war, dass du *in der Badewanne* liegst", verkündete Jack, als ich ihm die Tür öffnete. Er stand mit dicken Schneeflocken im Haar und auf den Schultern seines Mantels da, seine Augen wanderten über mich, erfassten meine lackierten Zehennägel, meine gerade rasierten Beine, meinen ausgeleierten Bademantel, meine nassen Haare.

Lächelnd trat ich zurück und ließ ihn herein. „Wie wolltest du dann reinkommen?", erkundigte ich mich, während meine Hände an dem Band meines Bademantels zogen und ich zitterte. Der Boden war unter meinen nackten Füßen kalt.

„Ich wäre eingebrochen. Das war nicht

wirklich von Bedeutung, solange du noch in der Badewanne wärst." Seine Augen wanderten ein weiteres Mal über meinen Körper, als suchten sie nach Schmugglerware.

Mit einem Fuß kickte er die Eingangstür hinter sich zu. Mit beiden Hände packte er die Enden des Bandes um meine Taille und zog mich zu sich. Der lockere Knoten, der die beiden Hälften zusammengehalten hatte, löste sich und der Bademantel teilte sich in der Mitte. Gänsehaut breitete sich auf meinem Körper aus, als meine entblößte Haut gegen seine kalte Jacke gedrückt wurde. Und gegen tiefere Regionen. Seine Lippen senkten sich für einen kurzen, glühenden Kuss auf meine. Der Mann, der vor mir stand, hatte nichts Sanftes an sich. Er schien auf einer Mission zu sein und hatte nicht vor, zu versagen.

Seine Zunge umkreiste meine, tauchte tief ein, bevor seine Lippen weiter wanderten, meine geschlossenen Augen küssten, mein Kiefer, meinen Hals.

Unterdessen hielten seine Hände die gesamte Zeit über meinen Bademantel fest, damit ich mich nicht wegbewegen konnte. Nicht, dass ich das tun wollte.

„Du bist feucht", sagte er, seine Stimme ein raues Flüstern neben meinem Ohr. „Ich weiß es."

Ich neigte meinen Kopf für seinen Mund zur Seite, der in der Mitte meines Halses eine wunderbare Stelle gefunden hatte.

„Nein…nein, ich hab mich gerade im Bad abgetrocknet – "

Jack lachte an meinem Hals, seine Hände fanden meine Taille und ich keuchte, weil sie so kalt waren. Eine Hand glitt an meinem Bauchnabel vorbei, immer tiefer, bis er nicht nur einen, sondern zwei Finger in mich schob.

Oh mein Gott. Ich ging auf die Zehenspitzen, aber das Vergnügen des plötzlichen Kontakts ließ mich aufkeuchen.

„Hier. Hier bist du feucht."

Meine inneren Wände zogen sich um seine Finger zusammen, wollten, dass er tief in mir blieb. Meine Knie gaben unter mir nach, während er rein und raus glitt. Die Lustimpulse verteilten sich blitzschnell von meiner Mitte zu jedem Teil meines Körpers. Jacks Duft wirbelte um uns, seine Lippen auf meinem Hals ließen mich jeden vernünftigen Gedanken vergessen.

Jack löste sich von mir, hob mich in seine Arme, mein Bademantel stand weit auf. Ich sah an mir hinab. Eine Brust war entblößt, genauso wie beim letzten Mal, der Nippel zog sich an der kühlen Luft und wegen Jacks Blick zusammen. Er starrte mich ununterbrochen an, während er fragte: „Wo ist dein Schlafzimmer?"

Seine Stimme war dunkel und kratzig.

Ich deutete in die allgemeine Richtung, war verloren in einem abgrundtiefen Begehren. Mein Körper sehnte sich nach seiner Berührung. Das hatte er jahrelang. Ich hatte nun tagelang gegen ihn angekämpft – zumindest mental – und wusste, wann es an der Zeit war, das Handtuch zu werfen. Oder, in dieser Situation, vielleicht meinen alten, zerschlissenen Bademantel. Ja, er würde gehen. Ja, es würde wehtun, wenn er weg war.

Aber das war Jack Reid. Der Jack Reid, der in jeder meiner Fantasien mitspielte. Welche Frau bei rechtem Verstand würde einen heißen, klugen, heißen, freundlichen und habe ich heiß schon erwähnt, Mann von der Bettkante stoßen, zu der er sie gerade trug? Ich hatte dem verlockenden Jack Reid einen guten Kampf geliefert, aber ich war auch nur eine Frau. Ausnahmsweise wollte ich einmal das Falsche tun. Und das Falsche fühlte sich so richtig an.

Jack legte mich auf das Bett und spreizte die Seiten des Bademantels, entblößte mich für seinen Blick. Zum ersten Mal. Ich hatte von diesem Moment geträumt und es war alles, was ich mir vorgestellt hatte, und noch viel mehr. Er sah verzaubert und verloren aus, als würde er sich jede meiner Kurven einprägen.

„Du bist so wunderschön", murmelte er und fuhr mit seinem Finger zärtlich über meinen Bauch, dann höher, um die Rundung einer Brust, dann die der anderen zu umkreisen. Ich beobachtete die Bewegung seines Fingers, hoffte, sehnte mich danach, dass er über meine Nippel streichen würde. Seine Hand war so braun, so robust neben meiner bleichen Montana Haut.

„Ich gehe morgen. Gehe zurück, um mich all den Dingen zu stellen, die ich getan habe", verkündete er harsch, während er mich mit einer Zärtlichkeit liebkoste, die mein Untergang sein würde.

Jack schloss für einen Moment die Augen, holte tief Luft. Er kämpfte mit einem inneren Dämon. „Aber ich muss dich berühren. Dich zu der Meinen machen. Du warst für mich immer das Gute in dieser Welt." Er sah mir in die Augen. Nagelte mich mit seinen stürmischen meerblauen Augen fest. „Ich bin in dich verliebt, seit ich siebzehn war. Dich wiederzusehen, hat mir gezeigt, dass ich nie damit aufgehört habe."

Seine Finger strichen endlich über meinen Nippel. Er hielt inne und beobachtete, wie er sich unter seiner Berührung aufrichtete. Ich wölbte meinen Rücken und meine Brust hob sich in seine Handfläche. Ich wollte, sehnte mich nach jedem Teil von ihm. Er hatte gesagt, er liebte mich. Hatte mich immer geliebt. Diese wenigen Worte waren wie Balsam für meine Seele, sie füllten jede Ecke und Winkel meines Herzens und es floss über. Nur für Jack.

„Bitte, Veronica, bitte sag mir, dass ich nicht aufhören soll."

Genau in diesem Moment, egal ob er es wusste oder nicht, tat er das Richtige. Er hörte auf. Wartete. Ließ mich bestimmen, was als nächstes passierte. Er musste nicht fragen, er hätte sich auch einfach nehmen können, was er wollte und er wusste, meine Willenskraft wäre nicht stark genug, um ihn davon abzuhalten.

Ich legte eine Hand auf seine Wange, spürte das Kratzen seiner Bartstoppeln, den harten Knochen darunter. Er drehte seinen Kopf und küsste meine Handfläche, ergriff meinen Arm und küsste die Stelle an der Innenseite meines Handgelenks, wo mein Puls flatterte.

„Jack", sagte ich, meine Stimme war rau vor Emotionen. „Sieh mich an."

Er heftete seine Augen auf meine, aber hielt mein Handgelenk nach wie vor an seinen Mund. Sein Atem strich heiß über meine Haut.

„Du bist ein guter Mann. Ganz egal, was du getan hast, du bist ein guter Mann. Deine Vergangenheit bestimmt nicht, wer du bist, sondern das, was du hier und jetzt tust. Du wirst das Richtige tun."

Jack lachte leise, aber das Lachen erreichte seine Augen nicht. Dort, unter dem Verlangen, war eine Leere, wegen derer sich mein Herz schmerzhaft für ihn zusammenzog.

„Mache ich jetzt das Richtige?", wollte er wissen, seine Stimme war rau vor Emotionen.

Ich nickte an dem Kissen, meine feuchten Haare umgaben mich wild. Ich hatte gegen mein Verlangen angekämpft, seit ich ihn zum ersten Mal, bewusstlos auf Violets Boden liegend, wiedergesehen hatte. Die Liebe war auch nie aus meinem Herzen gewichen. Das Begehren war immer da gewesen.

Selbst wenn er nach Florida zurückging, würde er immer noch in meinem Herzen sein. Aber diese Nacht, diese Zeit zusammen, gehörte uns. Die Außenwelt – Violet, die verrückte Lady Lorraine, Rechtsklagen – waren einfach das. Draußen. Hier, in meinem Schlafzimmer, gab es endlich und ein für alle Mal nur mich und Jack.

„Es ist richtig. Alles zwischen uns ist richtig", flüsterte ich, nahm seine Hand und legte sie auf meine Brust. „Ich liebe dich, Jack. Hör nicht auf."

Jack erstarrte bei meinen Worten, sah mich an und prüfend in meine Augen vielleicht, um zu erkennen, ob ich die Wahrheit sagte. Er stöhnte und holte tief Luft, als ob er immer noch mit sich ringen würde, zweifelte. Dann sah ich, dass sich etwas in seinen Augen veränderte. Sorge und

Schuld wurden von etwas anderem ersetzt. Ich sah Liebe. Lust ebenfalls. Diese Kombination und zu wissen, dass er mich wollte, Körper und Seele, war das wundervollste Gefühl aller Zeiten. Zu wissen, dass er es ebenfalls fühlte, machte es sogar noch besser.

Jack riss am Reißverschluss seiner Jacke, zog ihn nach unten und zerrte sich die Jacke vom Leib. Sein Sweatshirt, T-Shirt, Hose, Boxershorts, alles folgte. Er griff in seine Hosentasche und zog ein Kondom heraus, warf es aufs Bett.

Ich starrte ihn an in seiner ganzen nackten Pracht. Er war alles, was ich mir jemals erträumt hatte, vereint in einem Mann und noch viel mehr. Harte Muskeln unter gebräunter, glatter Haut. Dunkle Haare sprenkelten seine Brust und verjüngten sich zu einer Linie, die zu seinem prächtigen Penis führte. Er war dick und lang und alles, worüber Goldies Liebesromane schrieben. Aber er war keine Fiktion, er war eine nackte, harte – sehr harte – Tatsache, die direkt auf mich zeigte. Und er gehörte ganz mir.

„Er ist groß", merkte ich an, während ich ihn anstarrte.

„Wenn du ihn weiterhin so anschaust, wird er noch größer werden."

KAPITEL 16

*B*evor ich eine Chance hatte, über diese Äußerung nachzudenken, schob er sich auf mich. Ein Bein stupste zwischen meine und spreizte meine Schenkel, damit er sich dazwischen niederlassen konnte. Er legte seine Unterarme links und rechts neben meinen Kopf, sodass sich unsere Gesichter ganz nah waren, so nah, dass ich seinen warmen Atem spüren und die dunklen Flecken in seinen blauen Augen sehen konnte.

Ich sah ihn in diesem Moment deutlich – seinen Frust auf die Person, zu der er geworden war. Der Junge, der er einmal gewesen war. Der Mann, der er, wie ich wusste, wirklich war.

Ich wollte alles. Ich rieb meine Wade an seinem Schenkel hoch und runter. „Jack, bitte."

Er senkte seinen Kopf zu meinem, küsste mich und ich vergaß in diesem Moment alles außer uns beiden. Er stieß seine Zunge in meinen Mund. Seine Hände wanderten über meinen Körper, hörten nie auf, als ob er Angst hätte, ich könnte verschwinden. Ich zerfloss förmlich im Bett, sein Körper über meinem war so heiß, seine Berührungen entzündeten überall dort, wo sich seine Hände hinbewegten, kleine Feuer. Er knabberte an meinem Ohr, meinem Hals, meiner Schulter, tiefer, um über einen harten Nippel zu lecken, dann den anderen. Er öffnete seinen Mund, saugte an einem, zog fest. Lust schoss zu meiner Weiblichkeit und ich spürte, dass Feuchtigkeit meine Schenkel benetzte.

„Das ist nicht der Körper des Mädchens,

das du mit siebzehn wolltest", sagte ich atemlos, besorgt, dass er mich für ungenügend erachten würde. Mein zerschlissener Bademantel und nassen Haare machten mich nicht gerade zu einer verführerischen Sirene.

Er sah von meiner Brust zu mir hoch. Dann schnalzte er mit seiner Zunge einmal gegen die feste Spitze und lächelte wie die Grinsekatze. „Ich weiß." Er bewegte seinen Kopf tiefer, drückte Küsse auf meinen Bauch, meine Hüftknochen und dann glitt er zu meiner Mitte, blies dort heiße Luft auf mich. „Ich wette, das Mädchen hätte mir nicht erlaubt, das hier zu tun."

Und dann spreizte er meine Schenkel, umfasste meinen Hintern mit beiden Händen und drückte seinen Mund auf mich, seine Zunge schnalzte nach vorne und umkreiste mich, eine Seite hoch und die andere runter. Zwei Finger drangen in mich ein, bewegten sich auf magische Weise und ich explodierte. Lust durchdrang jede Zelle meines Körpers, heißes Feuer raste durch meine Adern. Ich schrie seinen Namen, meinen Kopf auf das Kissen zurückgeworfen.

Jack beließ seinen Mund auf mir, während ich fiel und fiel, scheinbar für Ewigkeiten. Er hörte nicht auf, bis ich schlaff, verschwitzt und erschöpft dalag.

Ich kicherte, als er anfing, einen Pfad meinen schweißfeuchten Körper hinauf zu küssen. „Du hast recht. Dieses Mädchen wusste nicht einmal, was das war", stimmte ich ihm zu.

Er packte meine Hüften und drehte uns so, dass er unten und ich oben war. Ich positionierte meine Beine so, dass ich rittlings auf seinen Schenkeln saß und schaute auf ihn hinab. „Veronica, dich so zu sehen, ist mein Verderben."

Seine Haare waren zerzaust, seine Haut unter meinen Händen heiß. Die krausen Haare auf seiner Brust fühlten sich weich an. „Reite mich. Ich will dein Vergnügen sehen, wenn du wieder kommst."

Ich blickte in seine Augen, sah dort alles. *Uns.*

Ich griff nach unten zwischen uns und nahm ihn in meine Hand. Er war groß und so heiß in meiner Berührung. Glatt und hart. Als ich ihn einmal, zweimal streichelte, stöhnte Jack und zuckte mit den Hüften.

„Miller", flehte er. Ich schnappte mir das Kondom und streifte es ihm über. Jack legte seine zitternden Hände auf meine, um mich anzuleiten.

Ich hob meine Hüften, hielt ihn in einer Hand und führte ihn in mich. Langsam, ganz langsam glitt ich nach unten, bis er tief in mir war. „Reid", schrie ich. Ich fühlte mich so voll, so vollständig. Er passte. Perfekt.

Er packte meine Hüften, hob mich hoch und zog mich anschließend wieder auf sich. „Sag mir, dass ich nicht aufhören soll", verlangte er, seine Stimme rau vor Verlangen, seine Haut feucht vor Anstrengung.

Meine Hände wanderten unbewusst zu meinen Brüsten und ich zog an meinen

Nippeln, spürte, wie sich mein Körper für ihn öffnete, feuchter wurde. „Hör nicht auf!"

Das tat er nicht. Jack brachte mich zum Rand eines weiteren Orgasmus, dann verlangsamte er seine Bewegungen und führte mich daraufhin wieder in ungeahnte Höhen. Dieses Mal griff er zwischen uns und berührte mich. Dieses kurze Streicheln seines Daumens war es für mich. Ich kam wieder, während Jack seinem eigenen Vergnügen erlag.

~

Wir schliefen ein, unsere Körper ineinander verschlungen, die Decken um uns gewickelt. Ich wachte in der Nacht zweimal auf. Das erste Mal befand sich Jack tief in mir, seine Hüften bewegten sich unglaublich langsam, mein Orgasmus baute sich ebenso langsam auf. Das zweite Mal hielt mich Jack in der Löffelchenstellung, seine Brust an meinem Rücken. Er hatte eines meiner Beine über seines gelegt und seine Finger glitten in mich, um und über all die wichtigen Stellen, bevor er seine harte Länge von hinten in mich schob. Wir brauchten keine Spielzeuge oder Kink.

Am nächsten Tag verließen wir das Bett nur, um zur Tür zu gehen und den Pizzalieferanten zu bezahlen. Eine neue Küche zu haben, war super, aber in den Schränken und im Kühlschrank herrschte gähnende Leere. Da Jacks Flugzeug erst nach dem Abendessen ging, verbrachten wir den Tag nur mit den wichtigsten Aufgaben. Sex und noch mehr Sex.

Ich war unersättlich. Ich konnte nicht genug von Jack kriegen, seinem Duft, dem Gefühl seiner Haut, seinen Geschmack, das Gewicht seines Körpers, das mich unter ihm festhielt. Sein heißer Mund auf meinem, auf anderen Stellen. Ihn tief in mir zu haben.

Jack nahm mich mit einem Verlangen, das ich teilweise als Verzweiflung identifizierte. Er wusste, dass er gehen würde, aber er wusste nicht, was ihn bei seiner Rückkehr in Florida erwarten würde.

Wir klammerten uns beide an die Zeit allein zusammen, versteckten uns in meinem renovierten Heim vor der Welt.

Irgendwann drang die Welt jedoch in Form eines Telefonanrufs von Goldie zu uns durch.

„Bring den Gartenzwerg", befahl sie. Kein 'Hallo', kein 'Ich bin's Goldie'.

„Heute Abend?", fragte ich atemlos. Jack wanderte mit seinem heißen Mund meinen Rücken hinab, während ich mich über das Bett beugte, um mein Handy zu erreichen.

„Ja. Zach will ihn zurückhaben und ich werde ihn morgen früh sehen."

„Sicher, kein Problem." Gänsehaut breitete sich auf meiner Haut aus, als er sie küsste und anschließend an einem Grübchen am Ende meiner Wirbelsäule leckte, dann an dem anderen.

„Lass dich von mir nicht von deiner Muse abhalten. Oder von dem, was er mit dir macht", sagte Goldie glucksend und legte auf.

Ich rollte mit den Augen, während Jack mich umdrehte und mit diesem leicht nach oben gebogenen Mundwinkel auf mich hinab lächelte, Verlangen in den Augen. Für eine weitere Stunde vergaß ich Goldie und George den Gartenzwerg völlig.

Irgendwann musste ich widerwillig und schweren Herzens ins Goldilocks zum Arbeiten gehen und Jack kurz darauf zum Flughafen. Er fuhr mich in seinem Mietwagen, wobei wir auf der Fahrt beide schwiegen. Dann liefen wir in den Laden. Ich versuchte, seine Abreise aus meinen Gedanken zu verdrängen, aber es war unmöglich. Es war schmerzhaft zu atmen, auch nur einen Schritt zu machen in dem Wissen, dass er bald weg sein würde. Ich hatte mir einmal gewünscht, dass er wegfliegen würde, dass er so weit weg wie möglich von mir sein würde. Mannomann, hatte ich mich geirrt.

In nur wenigen Tagen hatte sich mein Leben verändert. Drastisch. Ich hatte Jack Reid zehn Jahre lang so gut wie möglich aus meinen Gedanken verbannt, hatte nur gelegentlich an ihn gedacht und mich gefragt, wo er wohl war, was er machte. Oder war die 'Was wäre wenn'-Szenarien durchgegangen.

Was, wenn Jack mich an Stelle von Violet gewollt hätte? Was, wenn er die Stadt nicht verlassen hätte?

Jetzt kannte ich alle Antworten auf jede Frage. Und es tat weh. Es tat weh zu wissen, dass ich ihn nur für eine Nacht gehabt hatte, zu wissen, dass er mich liebte und mir gezeigt hatte wie sehr, mit jedem Streicheln seiner Hand auf meinem Körper, mit jedem Blick, mit jedem geflüsterten Kosewort.

Das Schlimmste war jedoch das Wissen, dass wir zehn Jahre verschwendet hatten. Zehn Jahre, in denen wir ohne einander gelebt hatten. Und jetzt wusste ich nicht, wann ich ihn wiedersehen würde. Wir hatten unsere 'Ich liebe dichs' ausgetauscht, aber das bedeutete nicht, dass er zurückkommen würde, dass wir mehr waren als die vergangenen paar Tage.

Er musste gehen. Ich wusste das, akzeptierte es widerwillig. Okay, ich war nicht wirklich glücklich darüber, aber zumindest verstand ich es. Das bedeutete aber nicht, dass ich es mögen musste.

Goldie lächelte uns beide von ihrem Platz hinter der Theke an. „Nun, schau an, wer hier hereingeschneit kommt." Sie wackelte mit den Augenbrauen. Ich verdrehte im Gegenzug die Augen, da meine Wangen zweifellos diese 'Gerade-gevögelt-Röte' hatten. Ich sah mich im Raum um, drei Kunden. Nicht schlecht für die Zeit nach einem Schneesturm.

„Hier", sagte ich und stellte George den Gartenzwerg auf die Theke, wobei ich ihn so drehte, dass er den Laden beobachten konnte. Sein freches Grinsen rief nun 'Weiter so!'

Ich tätschelte den Keramikgartenzwerg oben auf seine Zipfelmütze. „Jetzt bin ich zwerglos."

Eine Kundin kam zur Theke. Sie war Anfang dreißig und gegen die Kälte warm eingepackt mit einer dicken Jacke, Mütze und Schneestiefeln. „Können Sie mir das hier einpacken?", bat sie Goldie und reichte ihr eine Taschenmuschi.

„Natürlich. Etwas für Ihren Ehemann?", fragte Goldie.

Goldie war gut darin, Smalltalk zu betreiben. Sie bemerkte an jedem Kunden die Kleinigkeiten und Hinweise. In diesem Fall war es ein gigantischer Klunker am linken Ringfinger der Frau. Nicht einmal mir konnte der entgehen.

Die Kundin lächelte. „Er geht auf Geschäftsreise nach Texas. Er wird etwas brauchen, um ein wenig Stress abzubauen, solange ich nicht da bin."

Goldie nickte zustimmend. „Gute Wahl. Eine Taschenmuschi ist für einen Mann eine tolle Art zu masturbieren und sie ist klein genug, um sie mit auf Reisen zu nehmen."

Das Gerät sah aus wie eine Taschenlampe mit einer Silikonnachbildung der unteren Bereiche einer Frau an einem Ende. Ein Mann konnte seine Erektion hineinstecken und so simulieren, er hätte Sex. Offensichtlich hatte ich das nicht ausprobiert, aber ich schätze, es funktionierte, wenn sie sich so gut verkauften.

„Haben Sie etwas für sich, während er weg ist?"

Die Kundin nickte und antwortete: „Weihnachtsgeschenk." Sie deutete auf die Glasvitrine mit den hochwertigen Dildos.

„Gut zu hören. Kommen Sie vor der nächsten Reise Ihres Ehemannes zurück und Sie und ich können etwas Besonderes aussuchen." Goldie zwinkerte, während sie ihr die Tüte reichte, aus der oben das edle Dekopapier ragte.

Die Kundin strahlte Goldie an und reichte ihr drei Zwanziger. „Alles klar, das werde ich mache."

„Wünschen Sie ihm eine sichere – und spaßige – Reise." Goldie reichte ihr das Wechselgeld.

Jack hatte während des Gesprächs angefangen, die Auslagen fellüberzogener

Handschellen zu mustern. Seine Ohrenspitzen waren rot. Interessant.

„Also, Jack. Du stehst auf Handschellen, oder wie?", fragte Goldie.

Er legte die Handschelle mit einem Klappern zurück und stopfte seine Hände in die Jeanstaschen. Wie ein Kind, das mit seiner Hand in der Keksdose erwischt worden war. Er räusperte sich.

„Ich bin mehr an Handschellen interessiert, als", er deutete mit seinem Finger zur Tür, durch die die Frau gerade gegangen war, „dem Ding, das die Frau gerade gekauft hat."

Goldie nickte und legte ihren Kopf schief, um Jack eindringlich über den Rand ihrer Lesebrille zu mustern. „Eine Taschenmuschi. Sie ist für einen Kerl, der *ganz allein* ist." Sie trug wieder den wolligen Angorapullover, aus dem sich kleine Fussel lösten und durch die Luft schwebten, wenn sie sich bewegte. „Ich habe gehört, dass du heute Abend abreist."

Mir entging ihre provokative Art nicht

und ich genoss es, Jack dabei zu beobachten, wie er sich wand. Er könnte nie in einem Erotikladen arbeiten, wenn er nicht einmal das Wort 'Taschenmuschi' laut aussprechen konnte.

„Ja, Ma'am. Ich muss mich in Florida um einige Dinge kümmern."

„Wir werden dich auf jeden Fall vermiss –
"

Die Tür schlug auf und unterbrach Goldies Worte. Dort, angeleuchtet von der Helligkeit der Nachmittagssonne und knapp zwanzig Zentimetern Schnee, stand Lorraine. Sie humpelte herein, schob die Tür hinter sich zu und eine kalte Brise rauschte über uns hinweg. Sie sah schlimmer aus, als ich sie jemals gesehen hatte.

KAPITEL 17

Die pinke Jacke verlor an so vielen Stellen Daunenfedern, als hätte sie die Krätze. Lorraines Nase war unter dicken weißen Verbänden vergraben und sie hatte zwei Veilchen, wodurch sie aussah wie ein Waschbär. Ihre Hand war nach wie vor in einen Verband gewickelt, aber ein loses Ende hing nach unten, ganz zerrissen und verknotet. Hinzu kam, dass sie an ihrem linken Fuß einen schwarzen medizinischen Schuh trug, der von Klettbändern an Ort und Stelle gehalten wurde. Ihre Jeans war vorne aufgeschnitten, damit sie sich um den

Schuh teilte, ihre Zehen lugten aus einem Ende heraus. Die mussten eiskalt sein vom Laufen im Neuschnee.

„Lorraine, was ist mit dir passiert?", fragte ich und näherte mich ihr besorgt.

Sie hielt eine Hand hoch, um mich zu stoppen. Ihre Augen waren wild, ihr Atem keuchend. Jack hielt mich auf, indem er mein Handgelenk packte und mich sanft zu sich zurückzog. Ich spürte seine warme, feste Brust an meinem Rücken. Sein Daumen strich zärtlich über meinen Handrücken.

„Du! Du hast mir das angetan!"

Sie humpelte wie eine einbeinige Piratin zu uns, um mit ihrem knochigen Finger gegen meine Brust zu stoßen.

„Wie?"

Bevor sie antworten konnte, huschten ihre Augen zur Theke. „Heilige Scheiße. Was zur Hölle hat dieses Ding hier zu suchen? Ist das ein kranker Witz oder so etwas?"

Ich drehte meinen Kopf und sah George, der Lorraine anstarrte und dessen Lächeln jetzt wie ein boshaftes Grinsen aussah.

Goldie musste gespürt haben, dass sich der Gartenzwerg in Gefahr befand, da sie ihn packte und hinter der Theke außer Sicht verwahrte. „Das ist der Gartenzwerg meines Enkels. Er kann niemandem schaden."

„Oh, ja? Woher denken Sie habe ich das?" Lorraine hielt ihre bandagierte Hand hoch und deutete auf ihre Nase.

Goldie stand mit offenem Mund hinter der Theke und beobachtete sie. Lorraine war wie eine fleischgewordene Talk Show und das Ganze trug sich auch noch direkt in Goldies Laden zu. Sie war im Glück. „Jetzt, da ich weiß, was mit Ihrer Nase passiert ist. Was ist mit Ihrer Hand passiert?"

Lorraines Gesichtsausdruck wirkte ausweichend, ihre Augen huschten von Goldie zu mir. „Ich...ähm...hab sie verbrannt."

Ein nagendes Gefühl machte sich in meinem Magen breit.

„Das ist eine tödliche Waffe", erwiderte Lorraine, wobei sie sich auf George bezog. Da sie niemand war, der sich von seiner

Mission abbringen ließ, wandte sie sich wieder an mich. „Ich hab dich heute Morgen mit Ronald gesehen und bin dir gefolgt."

„Mir? Du kannst mich nicht gesehen haben. Ich war mit ihm zusammen." Ich deutete mich meinem Daumen über meine Schulter hinter mich. Jack zuckte mit den Schultern, als ich mich umdrehte, um zu ihm zu schauen.

„Ha! Ich wusste, ihr zwei seid zusammengekommen", verkündete Goldie triumphierend.

Lorraine lachte und das nicht auf die witzige Ha-Ha Art und Weise. Sie verlor eindeutig ihren Verstand.

„Mit Loverboy hier drüben? Ja, genau. Ich hab dich gesehen. Heute Morgen. Im Auto mit Ronald. Weißt du noch, dass du mir gesagt hast, du würdest um neun gehen? Nun, du warst ein bisschen spät dran, aber ich war definitiv in der Lage, dir zu folgen."

„Ich war mit keinem Mann zusammen außer – "

Jack drückte meine Schultern. „Miller, ich

denke, es gibt eine einfache Erklärung für das Ganze."

Alle Augen lagen auf ihm. Goldie blieb an Ort und Stelle erstarrt, ihr Kopf zur Seite gelegt, als ob sie besonders aufmerksam zuhören würde. Lorraine atmete schwer, aber hörte zu, genauso wie ich.

„Violet ist zu Hause", sagte er.

„Dein eingebildeter Zwilling?", fragte Lorraine ungläubig.

Erkenntnis dämmerte mir. Diese durchtriebene, betrügende, hinterhältige Doppelgängerschwester. „Lorraine, ich denke, wir können das Problem jetzt sofort lösen." Ich zog mein Handy aus der Tasche und wählte die Kurzwahltaste für meine Schwester.

„Hey, V", begrüßte mich Violet nach dem dritten Klingeln.

„Bist du wieder in der Stadt?", fragte ich.

Ich hörte ein Rascheln, eine Tür zu schlagen. „Mach gerade die Wäsche."

„Hey, hör zu. Ich bin im Goldilocks und jemand hat hier ein Paket abgegeben." Ich würde sie nicht nach Ronald und der Nachricht, die ich ihr auf die Mailbox gesprochen hatte, fragen. Sie könnte sich mit einer Ausrede aus dem Staub machen und ich hätte Lorraine am Hals. Ich wollte, dass Violet und Lorraine im selben Raum waren und das Problem lösten.

Lorraine beobachtete mich interessiert, aber glaubte mir die Zwillings-Geschichte offensichtlich nach wie vor nicht.

„Es ist nicht ganz klar, ob es für dich oder mich ist, also musst du hierherkommen", erklärte ich Violet.

„Jetzt gleich?", Violet seufzte. „Ich hatte einen langen Tag und ich brauche – "

„Ja", unterbrach ich sie. Genug davon, was sie brauchte. „Du musst *jetzt gleich* herkommen!" Ich drückte auf Beenden und wollte meine Schwester durch das Telefon erwürgen. Jack drückte meine Schultern in einer, wie ich dachte, beruhigenden Geste.

Goldie musste wieder zur Besinnung gekommen sein, da sie um die Theke lief und einen Hocker für Lorraine hervorzog. „Hier, setzten Sie sich. Erzählen Sie mir, was um Himmels willen Ihnen passiert ist."

Lorraine schien von Goldies Aufmerksamkeit und den seltsamen mütterlichen Geräuschen, die sie von sich gab, friedlich gestimmt. Sie setzte sich und machte es sich bequem. Anschließend deutete sie auf ihr Bein. „Das hier ist vom Skifahren."

„Ähm, Entschuldigung?", fragte ein Kunde und unterbrach Lorraine direkt an der guten Stelle.

Da Goldie ihre Bemutterungstour durchzog, trat ich zu dem Kunden. „Was kann ich für Sie tun?" Ich wollte Lorraines Geschichte hören, aber der Kunde kam zuerst.

Der Mann war in seinen Fünfzigern, hatte einen Bierbauch und nur noch wenige Haare wie Homer Simpson. Leichte Jacke. Er war einer dieser Männer, deren innere Temperaturen besonders heiß brannten, denn er schwitzte, kleine Tropfen standen ihm auf seiner blanken Stirn, während der

Rest von uns fror, trotz der langen Unterwäsche unter unseren Kleidern.

Jeder starrte ihn an. Jack, Lorraine, Goldie und ich schenkten ihm mehr Aufmerksamkeit, als er wahrscheinlich wollte. Der arme Mann.

„Ich...ähm", er beugte sich nah zu mir und flüsterte schon fast, „ich habe letzte Woche *Cream Pie Academy* ausgeliehen und wollte wissen, ob es einen zweiten Teil gibt."

„Klar, ich schaue schnell nach", ich lächelte den Mann an in dem Versuch, ihn zu beruhigen, dass Goldilocks ein diskreter Laden zum Einkaufen war. Ich ging hinter die Theke und suchte unter C.

„Du warst heute Skifahren?", fragte Jack Lorraine, während ich beschäftigt war. Ich drehte mich, um über die Theke zu schauen. Verdammt, ich wollte das hören.

„Ich bin dir gefolgt", sie deutete wieder auf mich. „Du und Ronald seid die Buggelpiste runtergefahren. Ich fahre normalerweise keine Buckelpiste. Ihr ward zu schnell für mich und ich stürzte, brach meinen Knöchel. Die Skirettung musste mich den Berg hinab transportieren, dann brachte mich ein Krankenwagen zur Notaufnahme. Sie kennen mich dort mittlerweile beim Namen."

Vielleicht war es sicherer, wenn ich hinter der Theke blieb. Klang nach einer schmerzhaften, schrecklichen Erfahrung.

Ich widmete mich wieder meiner Suche, als ich merkte, dass Homer leicht ungeduldig wartete. *Cream Pie, Cream Pie,* ja. Da war er. Ich zog den Film heraus und reichte ihn Homer, der jetzt an der Theke stand. Er schien mich anders anzuschauen, seit er dachte, ich wäre schuld daran, dass sich Lorraine den Knöchel gebrochen hatte. Ich lächelte ihn an in der Hoffnung, er würde mich für unschuldig halten.

„Vier Dollar bitte", sagte ich.

Goldie tätschelte Lorraine am Arm. „Meine Güte. Was für eine schreckliche Sache. Und Ihre Nase auch noch." Goldie war eine sehr freundliche Frau. Sie kümmerte sich um jeden in der Stadt, egal ob es sich um Kunden im Laden handelte oder einfach nur einen Freund oder Nachbar. Jeder kannte Goldie und sie kannte jeden im Umkreis von fünfzig Meilen.

Ihr Sohn Nate, Janes erster Ehemann, war vor einigen Jahren an einem Herzinfarkt oder so etwas gestorben, aber sie hatte nie ihr mütterliches Gen verloren. Meiner Meinung nach, tendierte sie dazu, jede Menge Schützlinge zu haben, um die sie sich kümmern konnte, einschließlich mir.

Bei Lorraines multiplen Wunden und der traurigen Geschichte über die Untreue ihres Ehemannes, mit keiner geringeren als mir, eilte Goldie sofort herbei, um die Schwachen zu beschützen. Und meine Güte, sah Lorraine schwach aus, so wie sie hier saß. Federn, Hämatome, Verbände und medizinischer Schuh.

„Der Arzt, der sich um meinen Fuß gekümmert hat, hat gemeint, er kennt dich."

Jetzt hob Homer eine Augenbraue und sah mich an.

„Oh?", machte ich, obwohl es keine

große Überraschung war, dass mich jemand kannte, da es eine kleine Stadt war.

„Dr. O oder irgend so ein Buchstabe."

Ich nickte. „Klar, Mike Ostranski."

„Er wollte, dass ich dir ausrichte, dass das Paddle gut funktioniert. Ergibt das irgendeinen Sinn für dich?" Lorraine musterte mich misstrauisch.

Jetzt hob Homer beide Augenbrauen. Glaubte er wirklich, ich würde darauf stehen, mit irgendeinem Arzt im Krankenhaus mit dem Paddle zu spielen? Und dass ich Lorraines Ehemann den Kopf verdreht hätte? Nach seinem Gesichtsausdruck zu schließen, dachte er das definitiv.

Jack grinste. Ich konnte es von meiner Position hinter der Theke sehen. Seine Lippe bog sich nach oben und seine Brust bewegte sich, als ob er versuchte, ein Lachen zu unterdrücken. Er wusste, dass Mike sich über sich selbst – und die Sexparty – lustig machen würde und Jack würde mich nicht so leicht davonkommen lassen. Oder überhaupt.

„Kunde", versuchte ich Homer zu erklären, wer Dr. O war.

Homer nickte, während er mir das Geld reichte. „Klar, sicher."

Er glaubte mir offensichtlich nicht.

Ich reichte ihm den Film in einer Tüte. „Einen schönen Abend noch", erwiderte ich, während er aus dem Laden lief. Wenn ich ihn jemals wieder in der Stadt sah, würde Homer zweifellos die Straßenseite wechseln, um mir aus dem Weg zu gehen. Mannomann.

Homer hielt die Tür für Violet auf, die wie ein Wirbelwind hereingefegt kam, Schnee von den Füßen stampfte und eine kalte Brise mit sich brachte. Homer stand erstarrt da und starrte Violet an. Sein letzter Gesichtsausdruck, als er die Tür hinter sich schloss, wirkte, als hätte er ein Gespenst gesehen, offensichtlich war er überrascht, dass es mich tatsächlich zweimal gab.

Ich wollte meine Zunge rausstrecken und sagen 'Siehst du?', aber ich hielt mich zurück.

Violet trug eine dicke lila Jacke, eine dazu passende Mütze und Handschuhe, Jeans und Schneestiefel. Und sie sah *genauso* aus wie ich.

„Heilige Scheiße", sagte Lorraine. Sie stand auf und humpelte zu Violet. Betrachtete sie eindringlich, wobei ihr Kopf zwischen meiner Schwester und mir hin und her schwang. Wieder und wieder. Damit sich der Kopf der Frau nicht noch löste, stellte ich mich neben Violet.

„Du bist wirklich ein Zwilling", stellte Lorraine verblüfft fest.

Violet, die an das Gaffen, weil wir identisch aussahen, gewöhnt war, ignorierte Lorraine. „Hi, Miss Goldie", sagte Violet und als sie Jack sah, lächelte sie strahlend. „Jack Reid. Es ist lange her." Sie steckte eine lange Haarsträhne hinter ihr Ohr und machte ihm schöne Augen.

Jack sah nicht allzu begeistert davon aus, meine Schwester zu sehen und das merkte man. Sie war diejenige gewesen, die die Dinge für ihn schon früh ruiniert hatte und sein Leben hatte sich aufgrund ihrer kleinen Sünde verändert. Violet bemerkte die kalte Schulter schnell und gab das Flirten auf.

„Violet", murmelte er höflich, aber definitiv ohne jegliches Gefühl.

Violet sah zu mir, ihr Gesicht völlig verwirrt. „Wo ist das Paket, von dem du gesprochen hast?"

„Du", sagte Lorraine und stieß Violet gegen die Schulter. „Du bist diejenige, die mit meinem Ehemann schläft."

Violet klappte die Kinnlade herunter.

Goldie keuchte. Das war das erste Mal, dass sie die offizielle Anschuldigung hörte. Bis zu diesem Zeitpunkt hatte sie lediglich gewusst, dass jemand, der wie ich aussah, mit Lorraines Ehemann Ronald Skifahren gewesen war. Goldie kannte Violet und mich bereits unser gesamtes Leben und Spielereien mit einem verheirateten Mann war das unverantwortliche, rücksichtslose und morallose Verhalten, das sie nicht tolerierte. Von niemandem.

„Violet", sagte Goldie, wobei ihre Stimme

von Enttäuschung und Wut durchtränkt war. Sie schüttelte ungläubig ihren Kopf von links nach rechts.

„Was?" Violet stemmte die Hände in die Hüften. „Ich habe nie mit irgendjemandes Mann geschlafen! Ich weiß nicht einmal, wer dein Ehemann ist." Violet schrie Lorraine mehr oder weniger an. Ihre Zündschnur war kurz und sie mochte es definitiv nicht, in die Ecke gedrängt zu werden, wie es gerade passierte.

„Ronald", antwortete Lorraine. „Klingelt bei dem Namen etwas?"

Violet sackte sichtbar in sich zusammen wie ein Luftballon, aus dem die Luft rausgelassen worden war. Oh, Scheiße, hatte sie wirklich mit einem verheirateten Mann geschlafen?

„Hör zu, es ist nicht das, was du denkst", begann sie und ihre Stimme klang viel flehender als noch vor einer Minute.

Lorraine humpelte zurück zu dem Hocker und setzte sich schwer. „Schön. Ich höre zu."

„Ich auch", verkündete Goldie. Sie verschränkte die Arme unter ihrem üppigen Busen.

Jack lehnte sich an die Glasvitrine, eindeutig ebenfalls erpicht darauf, die Geschichte zu hören.

KAPITEL 18

„Ich...ich bringe ihm das Skifahren bei", erklärte Violet.

Wir standen alle wie angewurzelt da. Von all den möglichen Dingen, die Violet hätte sagen können, hatte ich das nicht erwartet.

In der spannungsgeladenen Pause näherte sich eine Frau mit einem Paar blauer Analkugeln der Theke. Mitte zwanzig, von Kopf bis Fuß in Kleider gepackt. „Hi, ich würde die hier gerne bezahlen."

„Geht aufs Haus", sagte Goldie. Sie griff über die Theke, nahm der Frau die Analkugeln ab, stopfte sie in eine Tüte und drückte sie der Frau wieder in die Hände. „Haben Sie einen guten Tag. Kommen Sie bald wieder", sagte sie liebenswürdig, während sie die Frau aus der Tür scheuchte. Ich hatte in all den Jahren, in denen ich für sie arbeitete, noch nie gesehen, dass sie einen Kunden so schnell hatte loswerden wollen.

Niemand sonst bewegte auch nur einen Muskel.

„Du willst mir sagen, dass du Ronald das *Skifahren* beibringst?", wiederholte Lorraine, nachdem sich die Tür hinter der Kundin mit einem kalten Luftzug geschlossen hatte.

Violet nickte. „Er sagte, er wolle, dass es eine Überraschung wird. Ich bin gerade von meiner Konferenz in Salt Lake zurückgekommen und es gibt jede Menge Neuschnee, weshalb die Bedingungen super sind. Du fährst nächsten Monat geschäftlich nach Whistler, nicht wahr?"

Lorraine ruckte mit ihrem Kopf zurück, als ob Violet in Rätseln sprechen würde. „Warum, ja. Es ist eine Konferenz der Versicherungsfirma, für die ich arbeite."

Violet leckte über ihre Lippen. „Wie du wahrscheinlich weißt, kann Ronald nicht Ski fahren. Er dachte, wenn er es lernen würde, würdest du ihn nicht in der Lodge zurücklassen. Er wollte einfach nur mehr Zeit zusammen mit dir verbringen."

Lorraine begann zu weinen. Keuchende Schluchzer, die ihren ganzen Körper schüttelten, füllten den Raum. Ich warf Jack einen Blick zu, der sich am Ohr kratzte und sich eindeutig unwohl in der Gegenwart einer weinenden Frau fühlte. Goldie lief nach vorne, um Lorraines Arm zu tätscheln. Violet sah triumphierenden aus, weil sie sich erfolgreich hatte verteidigen können.

„Ronald...Ronald...hat...das...für... mich...getan?", keuchte Lorraine zwischen ihren Schluchzern.

„Ronald liebt dich. Er redet nur von dir", fügte Violet hinzu in dem Versuch, Lorraine endgültig auf ihre Seite zu ziehen.

„Woher kennst du ihn überhaupt?", fragte ich. Auf keinen Fall würde ich sie mit ihrer kurzen Geschichte davonkommen lassen.

Violet sah mich an. „Von der Arbeit. Er ist der Schuldirektor."

„Ernsthaft?", fragte ich.

Sie nickte.

Ein Schuldirektor an einer Grundschule. Wenn der Mann nicht völlig gehirnamputiert war, würde er wissen, dass mit einer Kollegin zu schlafen und dadurch seine Ehefrau zu betrügen, seine Karriere zerstören würde. Nicht nur seine, sondern auch Violets. Ich mochte zwar an ein paar von Violets Moralvorstellungen zweifeln, aber sie würde ihre Karriere nicht für einen verheirateten Kollegen aufs Spiel setzen.

Lorraine begann endlich, sich zu beruhigen, ihre Tränen waren verbraucht. Sie sah zu mir. Jetzt wirkte sie besänftigt und auch ein wenig zerknirscht. „Ich habe dir all das angetan, weil deine Schwester Ronald das Skifahren beigebracht hat?"

Ich verdrehte innerlich die Augen, nickte mit dem Kopf.

„Scheiße, jetzt fühle ich mich schrecklich."

„Ich finde es romantisch", erwiderte Goldie mit einer Hand über ihrem Herzen. „Sag mal, magst du Liebesromane? Das würde eine tolle Geschichte ergeben."

Ich starrte Goldie mit offenem Mund an. Vergiss das Stalking und alles andere, das geschehen war. Der Liebesroman war wichtiger. Sie war so verrückt wie Lorraine. Vielleicht wäre es sogar eine gute Idee, wenn die beiden gemeinsam ein Buch schrieben. Dann müsste ich wenigstens nichts mehr von reifen Früchten und passierter Liebe lesen und darüber reden.

„Ich mache dir keinen Vorwurf, dass du durchgedreht bist", fügte Goldie hinzu, um zum eigentlichen Thema zurückzukehren. „Ich würde auch am Rad drehen, wenn ich denken würde, mein Ehemann hätte eine Affäre." Sie sprach die Wahrheit, aber versuchte auch, Lorraine zu trösten.

Mir tat die Frau leid, die zwischen Goldie und ihren Ehemann Paul geriet. Die Dinge, die Lorraine angerichtet hatte, wären nichts im Vergleich zu der Rache, die Goldie verüben würde.

„Ja, aber ich habe es übertrieben." Lorraine wischte sich mit dem Ärmel ihrer Jacke über die Nase, wodurch Gänsefedern zu Boden segelten. „Du hast versucht, es mir zu sagen, aber ich habe dir einfach nicht zugehört. Aber deine Zwillingsgeschichte...du musst zugeben, die war schwer zu glauben."

Jack stellte sich wieder hinter mich und schlang einen Arm um meine Taille. „Eine von ihnen ist genug für mich."

Dafür fing sich Jack einen Ellbogen in den Magen ein. Er gab wegen meinen Bemühungen ein Umpf von sich.

„Es tut mir leid, wenn du das Schlimmste gedacht hast. Ronald weiß, dass ich am Wochenende für Bridger Bowl bei der Skirettung arbeite. Ich habe nur versucht, einem Kollegen zu helfen", erklärte Violet.

Lorraine sah auf ihren Schoß hinab, dann hob sie ihren Kopf und sah mir in die Augen. „Ich schätze, ich muss dir reinen Wein einschenken, was ich mit deinem Haus angestellt habe."

Jacks Hand an meiner Taille spannte sich an.

„Oh?", machte ich. Ich hatte das Gefühl, dass das nicht gut sein würde.

„Das erste Mal, als ich Ronald und dich... nun, dich", sie deutete auf Violet, „zusammen sah, bin ich völlig ausgerastet."

Das war die Untertreibung des Jahrhunderts.

„Ich wusste nicht, wer du warst, aber ich sah dich am nächsten Tag im Einkaufsladen. Aber das warst nicht du", wieder deutete sie auf Violet, „das musst du gewesen sein." Jetzt deutete sie auf mich. „Ich bin dir nach Hause gefolgt und habe dein Haus beobachtet. Als ich dich gehen gesehen habe, bin ich nach drinnen gegangen. Dort hab ich geraucht, während ich überlegt habe, was ich dir antun wollte."

„Ojemine", sagte Goldie, die bereits eine Vermutung hatte, was als nächstes kommen würde. Mir ging es genauso. So wie Jack meine Taille drückte, hatte er ebenfalls eins und eins zusammengezählt.

„Ich war so wütend, dass mir die Zigarette auf ein paar Papiere auf der Theke gefallen ist und sie Feuer gefangen haben. Ich versuchte, es zu löschen, das habe ich wirklich. So habe ich das hier bekommen." Lorraine hielt ihre verbundene Hand hoch. „Ich rannte aus der Hintertür, als mir bewusstwurde, dass das Feuer außer Kontrolle geriet. Ich rief 911, ehrlich, das habe ich."

Ich konnte erkennen, dass sie die Wahrheit sagte. Es machte Sinn, so wie meine Küche verkohlt worden war. Der einzige Gesichtsausdruck, den ich bei ihr bisher gesehen hatte, war Wut mit einem großen Klecks Angst gewesen. Jetzt sah sie reumütig und sehr, sehr betrübt aus. „Ich schätze, dann waren doch nicht die alten Kabel schuld", kommentierte ich trocken.

Lorraine erhob sich, hoppelt zu mir. Sie legte eine Hand auf meinen Ärmel und sah mir direkt in die Augen. „Obwohl Ronald versucht hat, etwas Süßes zu tun, indem er mich überraschen wollte, hat seine Geheimniskrämerei zu all dem hier geführt."

Sie erwähnte ihre eigene Verrücktheit nicht.

„Ich werde ihn für jeden Penny für die Schäden an deinem Haus aufkommen lassen. Und es...es tut mir leid, dass ich dir all diese Dinge angetan habe", sagte sie aufrichtig.

Wow. Ich war verblüfft. Sie hatte tatsächlich meine Küche in Brand gesetzt! „Du...du...ich meine, ich kann nicht fassen, dass du – "

„Ich bin mir sicher, dass Ronald Veronica sehr gerne entschädigen wird", mischte sich Goldie ein und brachte mich zum Verstummen. Sie sah hinter Lorraines Rücken zu mir. Ich interpretierte das als: *Diese arme Frau hat schon genug durchgemacht.*

Mein Haus war in Brand gesetzt worden, ich war gestalkt worden, in mein Haus war eingebrochen worden. Nun eigentlich in Violets, aber die Absicht war dennoch, mich damit zu treffen. Mein Van war gestohlen worden. Und Lorraine hatte genug durchgemacht?

Ich holte tief Luft, fand mein inneres Chi oder was auch immer es war, das ich benötigte, wenn ich mit Goldies üblichem Irrsinn zu tun hatte. „Lorraine, ich denke, du hast in diesem ganzen Chaos mehr mitgemacht als jeder von uns", entgegnete ich süßlich in dem Versuch, die Stimmung zu heben. „Sieh dich nur an." Sie würde definitiv keinen Stalker des Jahres Award bekommen.

„Ja, was ist mit dir passiert?", fragte Violet.

Lorraine warf Violet einen Todesblick zu.

„Willst du das jetzt wirklich fragen?", erkundigte sich Goldie.

Violet neigte ihr Kinn nach unten und presste ihre Lippen aufeinander. „Nein, Ma'am."

„Wenn du nicht zu alt wärst, schwöre ich dir, würde ich dir den Hintern versohlen für all den Ärger, den du verursacht hast. Und ich meine nicht wegen diesem Ronald Typen", sagte Goldie mit tadelnder Stimme.

„Ruf Mike Ostranski an. Er wird sich

darum kümmern", murmelte ich. Der Gedanke, dass Dr. O Violet mit einem Paddle auf den Hintern haute, wärmte mein Herz und brachte mich zum Kichern. Ich würde mich nur noch besser fühlen, wenn ich es selbst tun könnte.

~

Zwei Stunden später standen Jack und ich vor der Sicherheitskontrolle am Flughafen. Aus den Lautsprechern dröhnten Hinweise darüber, dass man seine Taschen nicht unbeaufsichtigt herumstehen lassen sollte, während wir einander anstarrten. Obwohl es im Terminal warm war, nahm ich weder meine Mütze oder Handschuhe ab. Ich würde nicht lang genug hierbleiben, als dass ich es mir gemütlich machen müsste. Jacks Tasche war aufgegeben worden und es gab nichts mehr zu tun, außer uns von einander zu verabschieden.

„Ich schätze, das ist es", sagte ich, da ich

mir auf diese merkwürdige Weise verloren vorkam, wenn jemand gehen musste. Es war, als ob man in dieser Zeit kurz vor dem Abflug alle normalen Dinge, über die man reden könnte, vergessen hätte.

„Schau, Miller", begann Jack und rieb sich mit einer Hand über den Kopf. Dabei bemerkte er, dass er noch immer seine graue Mütze trug, weshalb er sie runterzog und in seiner Hand drehte. Seine Haare standen elektrisiert in die Höhe. „Ich – "

Ich legte meine Hand über seinen Mund. Ich wusste, wie er sich fühlte, wusste, was er in Florida in Angriff nehmen musste. Ich wollte, dass er blieb und wenn es nur war, um ihn vor den schlimmen Dingen, denen er sich stellen musste, zu beschützen.

„Geh einfach. Mach das Richtige", sagte ich sanft, da ich befürchtete, dass meine Stimme wegen der aufsteigenden Emotionen brechen könnte.

Mir entging die Traurigkeit in Jacks Augen nicht, die Nervosität davor, alles wieder ins Lot zu bringen. Er nickte einfach nur, gab mir einen schnellen Kuss und wandte sich ab, um seinen Boarding Pass dem Flughafenmitarbeiter zu geben.

Als er durch die Sicherheitskontrolle war, drehte er sich um und winkte, schenkte mir ein schwaches Lächeln.

Ich winkte zurück, schenkte ihm ein ebenso schwaches Lächeln und ging.

~

„Weißt du was?", fragte mich Goldie, als ich dreißig Minuten später in den Laden zurückkam. „Lorraine hat zugestimmt, einen Liebesroman mit mir zu schreiben! Ich bin so aufgeregt. Sie ist so eine interessante Frau und voll außergewöhnlicher Geschichten."

Sie tippte die Einkäufe eines Kunden fertig in die Kasse und reichte ihm die Tüte.

Ich hob meine Augenbrauen, ein wenig als Zeichen der Kenntnisnahme, ein wenig überrascht. Die Kombination aus Goldie und Lorraine würde wie Dick und Doof sein, die versuchten Liebesromane zu schreiben. Solange sie mich nicht mit ins Boot zogen, war das für mich in Ordnung.

„Das ist toll", sagte ich mit flacher Stimme. Ich hatte noch nicht geweint, aber der Klumpen, der die Größe eines Baseballs hatte und in meiner Kehle hing, verschwand nicht. Meine Augen brannten, weil ich mich so sehr bemühte, meine Tränen zurückzuhalten. Ich zog meine Mütze und Handschuhe aus, öffnete meine Jacke.

„Vermisst du ihn?", fragte Goldie. Sie hatte ihre Lesebrille aufgesetzt, die kleinen Swarovskisteine funkelten im Licht der Thekenbeleuchtung. Ihre Haare waren in ihrem Nacken zu einem Pferdeschwanz zusammengefasst, eine große glitzernde Haarschleife stand zu beiden Seiten fünf Zentimeter ab. Sie passte natürlich zum Angorapullover.

Ich legte meine Handtasche hinter die Theke, wandte mich ihr zu. Eine Frau besah sich die Dessousauswahl, aber schien allein zurecht zu kommen. „Ich…ich bin mir nicht sicher. Es ist ja nicht so, dass ich ihn wirklich gehabt hätte. Er war nur für, wie lange, vier Tage hier?" Es war schwer, meine Gefühle für Jack einfach so herunterzuspielen.

Goldie schürzte die Lippen. „Du liebst ihn, seit du sechzehn warst."

Ich zuckte mit den Schultern, da ich Angst hatte, die Frage laut zu beantworten. „Ich befinde mich in einem Loch. Seine Anwesenheit hier hat mich verändert und jetzt weiß ich nicht, was ich mit mir anfangen soll. Deswegen bin ich hier. Ich habe Angst, dass ich, wenn ich nach Hause gehe und ihn an meinem Kissen rieche, zusammenbrechen werde."

Ich schluckte um den großen Klumpen herum. Die Tränen standen mir nun noch drängender in den Augen.

„Du kannst jederzeit bei Violet bleiben."

Ich verdrehte die Augen und lachte schwach. „Da schieße ich mir eher in den Fuß."

„Du kannst heute Abend bei mir und Paul

bleiben." Goldie rieb meine Schulter mit ihrer manikürten Hand.

Nette Geste, aber am Morgen würde ich wie das Rosenparfüm meiner Großtante Betty riechen, da Goldies Gästezimmer einen Blumenduft hatte. Ich glaubte wirklich, dass sie auch das gleich duftende Waschmittel verwendeten.

„Ne, ich komm schon klar." Ich schenkte ihr ein kleines Lächeln, das mich eine Tonne Anstrengung kostete. „Warum schließe ich nicht den Laden für dich? Geh nach Hause zu Paul und sag ihm 'Hi' von mir."

Goldie schüttelte nachdenklich ihren Kopf. „Nun, klar, warum nicht? Aber hör zu, wenn du schon mal hier bist, ich habe die neuesten Kapitel meiner Geschichte neben die Kasse gelegt. Lies sie dir durch, ja? Ich will, dass sie fehlerfrei sind, bevor ich sie morgen Lorraine zeige."

Ausnahmsweise war ich einmal begeistert, Goldies Wort-Porno zu lesen. Wenn es irgendetwas gab, dass mich von Jacks Abreise und dem Loch, das er hinterlassen hatte, ablenken würde, dann waren das wirklich schlecht geschriebene Liebesgeschichten. Und ich nahm an, dass sie mich darum bat, um mich abzulenken, da es momentan die einzige Art und Weise war, auf die sie mich trösten konnte. Ich hegte die Vermutung, dass sie wusste, dass mich eine Umarmung nur dazu bringen würde, völlig zu zerbrechen.

„Sicher. Das würde ich liebend gern tun", erzählte ich ihr.

Goldie schnappte sich ihre Jacke, mummelte sich ein und ging mit einem Winken nach draußen.

Der Untergang des Schiffes ließ sie mit zerfetzten Kleidern und auf einem tropischen Strand liegend zurück. Ihr geschwollener Körper war mit Sand und Salz bedeckt, ein Busen war der Mittagssonne ausgesetzt. Ich wusste, ich musste sie jetzt und hier haben. Der Sand an meinen Händen würde ihr Vergnügen nur noch steigern, wenn er kratzig über ihre unteren Lippen und den Tau, der sich dort naturgemäß befand, rieb.

Ich schüttelte meinen Kopf. Unfassbar. Welche Frau würde wollen, dass sandige Hände ihre unteren Lippen rieben? Ich legte die Seiten auf die Theke und half einem Kunden. Es würde eine lange Nacht werden. Ein langer Rest meines Lebens.

KAPITEL 19

Zwei Wochen später hatte ich Violet noch immer nicht mit ihren Taten konfrontiert, da ich das Unvermeidliche hinauszögerte. Ich konnte ihre Einmischung in der Highschool nicht in der Vergangenheit ruhen lassen, wo sie hingehörte, bis wir uns einmal ausgesprochen hatten. Aber es fühlte sich an, als wäre das etwas, dass ich mit Jack tun sollte oder ihm zumindest die Gelegenheit geben sollte, sie ebenfalls damit zu konfrontieren. Ich konnte aber nicht herausfinden, wie ich das anstellen sollte, da ich von dem Mann keinen Piep mehr gehört hatte.

Ich hätte ihn anrufen können. Hätte mich nach ihm, nach dem Fortschritt seines Falls erkundigen können. Aber ich tat es nicht. Er musste sich auf den Jack in Florida konzentrieren, nicht den Jack in Montana. Ich hatte mich in den Montana Jack verliebt und fühlte mich, als hätte ich im Leben des Florida Jacks keinen Platz. Ich war mir nicht sicher, ob ich überhaupt einen wollte.

Außerdem war ich der Überzeugung, dass er in den Tagen mit mir langsam realisiert hatte, dass er tief in seinem Inneren kein Florida Jack war. Ich glaubte, er hatte sein altes Selbst erkannt, als er hier in Bozeman war und wollte wirklich wieder der Kerl sein, der er einmal gewesen war.

Onkel Owen hatte mir einen Scheck für meine Arbeit geschickt. Er musste mit Jack geredet und so die Rechnung erhalten haben. Er hatte mich zufrieden vollständig entlohnt. Durch die Vernetzung zwischen uns Handwerkern erfuhr ich, dass die

Arbeitsflächen diese Wochen installiert werden würden. Ein bisschen hinter dem Zeitplan, aber seine Renovierung war fast abgeschlossen. Ich hatte meinem Dad die letzte Zahlung überwiesen, das Geschäft gehörte jetzt mir. Er war jetzt offiziell in Rente und würde seine Tage nun damit zu bringen, meine Mutter zu quälen.

Es fühlte sich gut an, nein, so viel besser als das, einen Job zu haben, den ich liebte und zu wissen, dass er ganz allein mir gehörte. Ich dachte an Jack und wie ihm sein Beruf entzogen worden war durch, zugegebenermaßen, seine eigene Schuld. Aber zum Sündenbock gemacht zu werden, musste ihm schwer auf den Magen geschlagen haben. Es hatte mir um seinetwillen schwer auf den Magen geschlagen.

Ich konnte mir nicht einmal vorstellen, dass mir so etwas passierte. Mein guter Ruf war meine Arbeit und meine Arbeit war mein guter Ruf. Sie gingen Hand in Hand, vor allem in einer Kleinstadt wie Bozeman.

In jeder Stadt, was das betraf. Da ihm all das genommen worden war, blieb Jack zurück mit...was? Nichts.

Als ich gerade ein Wachssiegel an einer Toilette in einem neuen Haus anbrachte, verkündete mein Handy, dass ich eine neue Nachricht hätte. Ich las das Display.

Jack.

Mein Herzschlag beschleunigte sich, meine Körpertemperatur stieg an, nur weil ich seine Nummer sah. Aufgeregt las ich die Nachricht: *Sag Goldie, ich versteh's.*

Hä? Ich hatte auf mehr gehofft, auf ein 'Ich liebe dich' oder etwas Ähnliches. Mein Herz sprang mir vor Enttäuschung fast aus der Kehle. Ich hatte keine Ahnung, was die Nachricht bedeutete, aber ich würde es herausfinden.

„Goldie, Jack hat mir gerade eine Nachricht geschickt", sagte ich, nachdem sie ans Ladentelefon gegangen war.

„Oh?", fragte sie und klang dabei sehr nonchalant.

„Ja", sprach ich gereizt in mein Handy. „Er

wollte, dass ich dir sage 'Ich versteh's'. Das waren seine Worte. Weißt du, was das bedeutet?"

Goldie gluckste. „Warte kurz. Ja, die genoppten Kondome sind für ihr Vergnügen. Ja, man verwendet trotzdem ein Kondom, auch wenn sie die Pille nimmt. Hör zu, Veronica? Ich muss Schluss machen. Dieser Mann braucht ein wenig Sexualkunde."

Sie legte auf. Eine Sache, für die Goldie bekannt war, war verantwortungsbewusster Sex. Sie drehte jedem Kondome an, außer man war in einer festen Beziehung und selbst dann sollte man, ihrer Meinung nach, welche verwenden, außer man wollte ein Baby. Offensichtlich musste der Kondom-Kerl erleuchtet werden. Ich erinnerte mich an ein ähnliches Gespräch, als ich neunzehn war. Ich beneidete ihn nicht.

Was hatte Jack gemeint? Er versteht was? Bis ich Goldie im Laden in die Enge treiben konnte, wenn ich das nächste Mal arbeitete, würde es ein Rätsel bleiben. Missmutig arbeitete ich weiter an der Toilette. Geduld war keine meiner Stärken.

~

*I*ch stoppte zwischen den Aufträgen zu Hause, um zu Mittag zu essen. Ich hatte den Auftrag für die Klempnerarbeiten in drei neuen Häusern in einer noblen Nachbarschaft erhalten und musste im Anschluss an mein Mittagessen zum Sanitärfachhandel fahren, um ein anderes Verbindungsteil zu kaufen, das ich in der falschen Größe besorgt hatte.

Ich sah aus dem Küchenfenster und betrachtete die Schneehaufen, die bis April nicht verschwinden würden. Das Thermometer, das am Fenster hing, zeigte dreizehn Grad Fahrenheit an. Ich dachte an Miami und wie warm es dort sein musste. So warm, dass man Shorts und Tops tragen konnte, sogar Badeanzüge. Der Sand musste sich unter den bloßen Füßen heiß anfühlen, der Geruch von Sonnencreme lag wahrscheinlich in der Luft. Ich seufzte, da ich wusste, dass ich Sonnencreme nicht so schnell auftragen würde, außer beim nächsten Mal, wenn ich Skifahren ging.

Ich aß zwei Sandwiches am Tresen und spritzte gerade scharfen Senf auf eine Scheibe Weißbrot, als es an der Tür klopfte und ein 'Hallo!' erklang.

Mist. Violet. Das war nicht der Moment, in dem ich sie mit dem Thema Jack, der Highschool und ihren Hang, in sehr chaotische Situationen zu geraten, konfrontieren wollte. Ich musste wieder an die Arbeit gehen und ich war schon schlecht gelaunt, ohne dass sie auch noch das Ihrige dazu beitrug. Ich holte tief Luft, stellte den Senf ab und lief in mein winziges Wohnzimmer, während ich mich innerlich für meine Schwester wappnete.

Ich hatte nicht erwartet, dass sie in Begleitung erscheinen würde. Dort, neben Violet, stand Jack. Er hatte sich eine große schwarze Tasche über eine Schulter geworfen.

Meine schlimmsten Ängste wurden in diesem Moment wahr. Das übelerregende, magenverdrehende Gefühl, das man auf schlechten Achterbahnfahrten bekam, drückte meinen Magen zusammen. Jack hatte sich doch für Violet entschieden. Nein, warte, vielleicht wusste er nicht, dass Violet wirklich Violet war. Es war wieder wie in der Highschool.

„Reid", sagte ich. Er trug die Jacke, die er gekauft hatte, als er zuletzt hier gewesen war, die gleiche graue Mütze. Er sah gut aus. Sogar noch brauner als das letzte Mal. Ich würdigte meine Schwester kaum eines Blickes. Ich wusste, wie sie aussah. Ich sah sie jedes Mal, wenn ich in den Spiegel schaute.

„Miller", erwiderte er. Er starrte mich ebenfalls an. Ich wusste nicht, was er sehen konnte, aber ich gab mein Bestes, um alle Gefühle, die ich für ihn empfand, einschließlich der herzzerreißenden Ablehnung, aus meinen Augen zu verbannen.

„Schau mal, wen ich am Flughafen eingesammelt habe." Nach ungefähr zehn

Sekunden, in denen jeder wie angewurzelt dagestanden hatte, war das Einzige, das sich bewegte, Violets Augen, die zwischen uns hin und her huschten. Sie merkte an: „Nun, das ist interessant."

Ich brach den Bann. „Du bist zurück."

Jack nickte. „Heute Morgen. Onkel Owen sagte, er würde mich abholen, aber er schickte stattdessen sie", erklärte Jack und deutete mit seinem Daumen auf Violet.

Onkel Owen musste wieder in der Stadt sein, aber das war mir im Moment wirklich egal. Ich konnte es nicht länger ertragen. „Du weißt, das ist…"

Ich deutete auf meine Schwester. Genau hier und jetzt wollte ich eine Schere, damit ich Violets Haare abschneiden konnte. Damit sie kurz waren und völlig anders als meine, sodass es offensichtlich war, wer wer war. Nicht, dass wir versuchen würden, gleich auszusehen, aber lange Haare schien der beste Look für uns beide zu sein. Wir hatten unterschiedliche Kleidungsstile, aber jemand wie Jack, der in den letzten zehn Jahren nicht in unserer Nähe war, würde so etwas nicht wissen. Außerdem war er ein Mann und die bemerkten in der Regel nie solche Dinge.

„Violet", antwortete Jack deutlich, kein Zögern oder Raten.

Ich schürzte meine Lippen. „Du kannst uns jetzt…unterscheiden?"

Jack ließ seine Tasche auf den Boden fallen und lief zu mir. Nahm meine Finger in seine kalten. Er stand so nah bei mir, dass ich seinen warmen Atem spürte, seinen Pfefferminzatem roch. „Du bist Veronica. Auch bekannt als Miller. Nicht, weil ich nicht weiß, welche Schwester du bist, sondern weil das der Spitzname ist, bei dem ich dich immer genannt habe. Seit ich mich mit siebzehn zum ersten Mal in dich verguckt hatte." Er hob mein Kinn mit einem Finger an, zwang mich dazu, ihm in die blauen Augen zu sehen. „Du siehst überhaupt nicht wie Violet aus."

Ich schnaubte darüber. „Ja, genau." Ich kannte die Unterschiede, die kleinen Nuancen zwischen Violet und mir. Meine

Eltern konnten sie sehen, aber nicht viele andere.

„Dein rechtes Auge biegt sich auf diese wirklich attraktive Art und Weise nach oben, wie es das deiner Schwester nicht tut."

„Hey!", protestierte Violet. Sie stand nach wie vor im Türrahmen. Sie hatte sich nicht bewegt.

Ich ignorierte sie. Jack tat das Gleiche. „Dein Gesicht ist ein kleines bisschen runder. Du stehst aufrechter. Deine Augen leuchten auf, wenn ich dich sehe. Ich kann mit Sicherheit sagen, dass Violets das nicht tun."

„Hey!", sagte Violet wieder.

„Halt die Klappe, Violet", murmelte ich, während ich in Jacks Worten schwelgte. Seine blauen Augen bohrten sich in meine, hielten mich fest. Nicht, dass ich irgendwo anders hinschauen wollte als zu ihm.

„Du hast eine winzige Narbe an deinem linken Ohr", er hob seine Finger, um die Stelle zu berühren, „die ich sehr gerne küsse." Er beugte sich zu mir und tat genau das.

Blieb so nah bei mir und flüsterte, sodass nur ich ihn hören konnte: „Auf deinem rechten Innenschenkel, ganz weit oben, hast du dieses kleine Mal, das ich auf deiner Haut hinterlassen habe. Ich meine mich zu erinnern, es wäre ein Knutschfleck?"

Ich errötete bis zu den Haarwurzeln. Jack hatte mir ein rotes Mal verpasst, indem er an der zarten Haut direkt an der Verbindung meiner Schenkel gesaugt hatte und meine...

Aber jetzt war es verschwunden. Ich hatte während der letzten zwei Wochen beobachtet, wie es verblasst war.

Ich schlang meine Hand um Jacks Hals und zog ihn für einen Kuss zu mir. Unsere Zungen wanden sich sofort umeinander und ich wusste, dass ich gefunden hatte, was mir mein ganzes Leben lang gefehlt hatte. Wonach ich mich gesehnt hatte, seit er geflogen war.

„Hey!", schrie Violet. Das schien das Einzige zu sein, das momentan aus ihrem Mund kam.

Wir unterbrachen den Kuss und wandten

ihr unsere Köpfe zu. „Ich vergebe dir. Jetzt verschwinde", verkündete ich.

Jack war allerdings noch nicht ganz fertig. „Violet, du warst in der Highschool ein rachsüchtiges Miststück, aber ich kann dir keinen Vorwurf mehr machen. Ich war damals ein heißer Hengst und ich weiß, du konntest einfach nicht an dich halten."

Violets Mund klappte auf. „Hey!" Jep, ein neuer Rekord.

„Wie Miller schon sagte, verschwinde."

Schnaubend schloss Violet den Reißverschluss ihrer Jacke und stürmte hinaus, wobei sie die Tür hinter sich zu schlug.

„Also wo waren wir?" Jack lächelte und senkte dann seinen Mund auf meinen. Ohne unseren Lippenkontakt zu unterbrechen, zog Jack seine Jacke aus, packte mich um die Taille und führte mich zur Couch. Er setzte sich und ich kletterte auf seinen Schoß, meine Beine umklammerten seine. Ich vergrub meine Finger in seinen Haaren, spielte mit den langen Strähnen, die sich in unterschiedliche Richtungen zu locken schienen. Ich löste mich von dem Kuss und nahm mir die Zeit, ihn einfach nur zu betrachten. Seine Augen waren leicht blutunterlaufen, seine Bartstoppeln ein bisschen länger als üblich. Er sah richtig abgekämpft aus.

„Langer Tag?", fragte ich ihn

„Mmhm", antwortete Jack und seine Augen schlossen sich, während ich seinen Nacken liebkoste. „Ich habe einen sechs Uhr Flug in Miami genommen, dann einen Aufenthalt in Denver."

Ich wollte ihn genau in dem Moment fragen, ob er nur fürs Wochenende oder für den Rest seines Lebens in der Stadt war. Aber ich hatte Angst. Angst davor, wie die Antwort lauten könnte. Ich war mir nicht sicher, ob ich seine Abreise ein weiteres Mal verkraften könnte.

„Ich habe nichts von dir gehört, also hab ich mir Sorgen gemacht. Willst du mir erzählen, wie sich die Dinge entwickelt haben?" Seine Augen waren nach wie vor geschlossen. Ich fragte mich, ob er eingeschlafen war oder meine Frage ignorierte. „Haben sich die Dinge denn entwickelt?"

Jack seufzte schwer, legte eine Hand auf meine Hüfte und drückte sie. Nach einem Moment öffnete er seine Augen und sah mich an. „Es ist alles geklärt."

Ich neigte meinen Kopf zur Seite. „Einfach so?"

Jack ließ ein müdes Lachen erklingen. „Nicht ganz so einfach. Mein Anwalt und ich haben Beweise zusammengetragen, die zeigen, dass die Anwaltskanzlei von vielen unmoralischen Vorgehensweisen bei vielen anderen Fällen wusste. Ich war in der Lage, das zu meinem Vorteil zu nutzen, sodass der Ethikrat die Anklage gegen mich hat fallen lassen."

Ich lächelte erleichtert. „Das ist so toll!"

Ich fühlte mich viel glücklicher als Jack aussah.

„Das Ganze hatte einen Preis. Einen Austausch. Ich habe auf die Praktizierung von Recht in Florida verzichtet und der Ethikrat hat auf eine Anklage gegen mich verzichtet."

Ich hob eine Augenbraue und meine Hände erstarrten in seinen Haaren.

„Hör nicht auf, ich mag das", murmelte Jack.

Meine Hände nahmen ihre Bewegungen wieder auf, aber handelten im Autopiloten-Modus. „Und?"

„Und ich habe die Situation mit dem Kind, von dem ich dir erzählt habe, in Ordnung gebracht. Informationen über vorherige Untreue der Ehefrau tauchten mysteriöserweise im Briefkasten des Anwalts des Ehemannes auf. Er hatte genug Stoff, um eine neue Sorgerechtsverhandlung einzuberufen und der Richter hat die Regeln geändert. Das Kind lebt jetzt bei seinem Dad oder wird es schon bald."

Ich verarbeitete Jacks Worte, musterte ihn eindringlich, vorsichtig. Der gequälte Blick, den er ständig mit sich herumgeschleppt hatte, war verschwunden.

Sogar müde sah er entspannt aus. Im Reinen mit sich. „Du hast das Richtige getan."

Jack lächelte mich an, drückte meine Hüfte und nickte. „Ich habe das Richtige getan. Und es hat sich verdammt gut angefühlt. Es hat sich sogar noch besser angefühlt, ins Flugzeug zu steigen und alles hinter mir zu lassen. In Florida gibt es nichts, worauf ich stolz wäre. Es war leicht, den Deal mit meinem Chef, dem Ethikrat anzunehmen."

Er zupfte an meiner Hüfte und zog mich zu sich. Ich wollte ein paar Antworten haben, bevor ich ihm und seinen Reizen erlag. Tatsächlich konnte ich spüren, wie einer seiner *Reize* minütlich unter mir größer wurde. Ich legte eine Hand auf seine Brust, spürte wie sie sich mit seinem Atem hob und senkte, das beständige Klopf, Klopf seines Herzschlags. Ich würde mich nicht viel länger zusammenreißen können. Das verzweifelte Verlangen, ihn zu küssen, ihn überall zu berühren, wurde immer übermächtiger.

Mit dem letzten Rest Willenskraft, der mir noch geblieben war, sagte ich: „Warte."

„Ich will nicht warten. Ich habe an die Partytüte von Mike mit all den Spielzeugen gedacht, die ich in meiner Tasche habe."

Mein Lächeln verblasste, da mir einfiel, was ich dort reingetan hatte, als ich ihn noch für einen Mistkerl gehalten hatte. „Du machst Witze, oder? Du hast den Mist nach Miami und zurück geschleppt? Du wurdest nicht von der Security aufgehalten?"

Jack starrte mich einfach nur an.

„Von all den Dingen, die du eingepackt hast, hast du dieses Zeug mitgebracht?" Meine Stimme stieg ungläubig um eine Oktave.

„Du bist froh, dass ich alles aufbewahrt habe", kommentierte Jack. Ich merkte, dass er sein Pokergesicht aufgesetzt hatte, da sein Mundwinkel zuckte.

„Ich bin mir mehr als bewusst, was ich in deine Geschenktüte gepackt habe und ich will mit nichts davon etwas zu tun haben", verkündete ich steif.

„Nicht einmal dem Penisring?", fragte Jack eindeutig amüsiert.

„Ha ha. Goldie kann dich mit allem, das du möchtest, versorgen." Ich schüttelte den Kopf. „Streich das. Ich will so viel Abstand wie möglich zwischen Goldie, dir und Sexspielzeugen haben. Ansonsten wäre die Arbeit im Goldilocks kaum auszuhalten."

Jack grinste. „Ich kann es mir nur vorstellen. Um dich zu beruhigen, ich habe alles Mike gegeben, als ich die anderen Tüten abgegeben habe. Zusammen mit seinem schicken neuen Paddle. Außerdem möchte ich lieber selbst herausfinden, was dich anmacht."

Ich schlug ihm spielerisch auf die Schulter, weil er mich neckte, aber errötete bei dem Gedanken, wie er meine erogenen Stellen entdeckte. „Gut", sagte ich dazu, dass die Tüte einen anderen Besitzer gefunden hatte und er herausfinden wollte, was mich antörnte. „Es interessiert dich vielleicht, dass ich eine Postkarte von Lorraine und Roland erhalten habe."

„Ronald", korrigierte mich Jack.

„Richtig, Ronald. Sie sind in Cancun und verbringen dort ihre zweiten Flitterwochen. Ich schätze der ganze Vorfall hat sie einander noch näher gebracht. Zusammen mit einer Schachtel von Goldie, die, wie ich gehört habe, ziemlich speziell war."

Jack verdrehte die Augen. „Da bin ich mir sicher. Goldie ist ziemlich gut darin, Menschen zu lesen."

Ein Gedanke kam mir.

„Hey, worum ging es in deiner seltsamen Nachricht?" Als ich Goldie angerufen und danach gefragt hatte, war sie zu abgelenkt gewesen, weil sie mit diesem Sexualkunde-Kerl hatte reden müssen. Seitdem hatte ich das Ganze völlig vergessen.

„Nachricht?", fragte Jack unschuldig.

Ich stieß ihm meinen Finger in die Rippen. „Ja, eine Nachricht. Du weißt genau, was ich meine."

Jack seufzte, nahm die Hand, mit der ich ihn gestupst hatte, hielt sie fest und liebkoste die Innenseite meines Handgelenks mit seinem Daumen. „Ungefähr eine Woche, nachdem ich wieder in Miami war, erhielt ich ein Paket."

„Du auch?" Ich verdrehte die Augen und sagte: „Oh, Gott. Ich kann es mir nur vorstellen."

Jack schüttelte seinen Kopf und fuhr fort: „Ich glaube nicht, dass du das kannst. Goldie und Onkel Owen haben gemeinsam ein Paket geschickt. Er hat mir ein One-Way Ticket nach Bozeman geschickt."

Er machte eine Pause, wahrscheinlich weil er wollte, dass ich vor Neugier starb, bevor er mir den Rest erzählte.

Ich konnte es nicht aushalten. „Und?"

„Goldie hat mir ein kleines Geschenk geschickt, damit ich mich an all die guten Zeiten erinnere, die ich hier hatte."

Dieses Mal schwieg ich und wartete. Ich konnte mir nur ausmalen, was sie geschickt hatte. Kondome, Nippelklemmen, Körperöl, Pornos. Die Liste war ellenlang und nichts war zu gewagt für sie.

„Sie hat mir eine Taschenmuschi

geschickt." Seine Stimme war ein wenig rau und ich erkannte, dass der Humor der Situation in ihm die Oberhand gewann.

Ich starrte ihn einfach nur an, verarbeitete die Information. „Eine Taschenmuschi? Wie sie die eine Frau an dem Tag im Laden gekauft hat?"

Jack nickte langsam. „Da muss Goldie die Idee herhaben."

„Deine Nachricht sagte", ich halte inne und denke darüber nach, was er geschickt hatte, „'Sag Goldie, ich versteh's.' Was bedeutet das? Dass du die Funktionsweise der Taschenmuschi verstanden hast?"

Jack grinste noch breiter. „Nein. Es bedeutet, dass ich verstanden habe, warum sie sie geschickt hat."

„Nun, ich verstehe es nicht", erwiderte ich leicht schnippisch vor Ungeduld. Es war, als würde jeder den Witz kennen, nur ich nicht.

„Wenn ich mich richtig erinnere", begann Jack, „hat die Frau, die sie an jenem Tag gekauft hat, ihrem Ehemann gegeben, weil er auf eine Geschäftsreise ging. Damit er sie benutzen und sich damit beschäftigen konnte, bis er zurück nach Hause kam und wieder mit ihr zusammen sein konnte. Goldie hat sie mir geschickt, damit ich sie benutze", Jack räusperte sich an dieser Stelle, höchstwahrscheinlich weil er daran dachte, das Masturbationswerkzeug zu benutzen, „bis ich zu dir zurückkehren konnte."

Mein Mund klappte auf und Tränen schossen mir heiß in die Augen. Jacks Gesicht verschwamm. „Oh, mein Gott. Das ist das Romantischste, was ich jemals gehört habe." Ich wischte mir mit meinem Handrücken die Tränen von der Wange. „Hat es funktioniert?"

„Ich nehme mal an, dass du Goldies Bemühungen meinst, nicht die Funktionalität der Taschenmuschi."

Ich kicherte durch meine Tränen. Jack hob einen Daumen und rieb sie weg. „Ich bin hier, oder nicht?", flüsterte er.

Mich zu ihm beugend, küsste ich ihn mit jeder Unze Liebe, die ich in mir hatte. Das Verlangen musste beidseitig gewesen sein, da ich in Jacks Kuss nicht nur seine Lust spürte, sondern auch seine Liebe für mich. Jack verteilte Küsse auf meinen feuchten Wangen, mein Kiefer entlang, meinen Hals hinab, auf meinem Ohr und flüsterte: „Nur damit du es weißt, ich habe sie nicht benutzt. Ich habe gewartet, bis ich zu dir zurückkommen konnte."

Meine Hände wanderten zu Jacks Schultern, spürten die Weichheit seines Fleecehemdes unter meinen Fingern. Ich packte es fest und klammerte mich daran, während er an meinem sehr empfindlichen Hals leckte und saugte. Meine Augen schlossen sich an irgendeinem Punkt. „Bist du wirklich zurück?"

„Ja", Jack stöhnte mehr oder weniger an meinem Hals, sein Atem ließ Gänsehaut auf meiner Haut entstehen. Seine Hände glitten unter meinen schlabbrigen Arbeitspullover, unter mein T-Shirt zu meiner nackten Haut. „Du bist das einzig Gute in meinem Leben. Zur Hölle, du bist mein Leben."

Meine Herzfrequenz beschleunigte sich

bei seinen Worten, Begeisterung durchströmte mich. „Ich liebe dich, Reid." Ich löste mich von ihm, umfasste Jacks Kopf, damit er nirgendwo anders hinschauen konnte als zu mir. Dabei kratzten seine rauen Bartstoppeln an meinen Handflächen.

Er küsste mich sanft, zärtlich auf die Lippen. „Ich liebe dich, Miller."

„Für immer?", fragte ich.

Das war sie. Die Antwort, die ich unbedingt hatte hören wollen.

„Für immer."

MÖCHTEST DU NOCH MEHR?

Keine Sorge, es wird noch mehr Bücher zur „Kleinstadt-Romantik-Serie" geben!

Aber weißt du was? Ich habe eine kleine Bonus Geschichte für dich – ein bisschen extra Liebe von Jack und Veronica. Also melde dich für meinen deutschsprachigen Newsletter an. Für jedes Buch aus der Kleinstadt-Romantik-Serie wird es nur für meine Abonnenten einen kleinen Bonus geben. Durch das Eintragen in die Liste wirst du auch über meine neuesten Veröffentlichungen informiert, sobald sie erscheinen (und du erhältst ein kostenloses Buch...wow!)

Wie immer...vielen Dank, dass du meine Bücher liest und mit auf diesen wilden Ritt kommst!

HOLEN SIE SICH IHR KOSTENLOSES BUCH!

TRAGEN SIE SICH IN MEINE E-MAIL LISTE EIN, UM ALS ERSTES VON NEUERSCHEINUNGEN, KOSTENLOSEN BÜCHERN, SONDERPREISEN UND ANDEREN ZUGABEN ZU ERFAHREN. SIE ERHALTEN EIN KOSTENLOSES BUCH FÜR IHRE ANMELDUNG! TRAGEN SIE SICH IN MEINE E-MAIL LISTE EIN, UM ALS ERSTES VON NEUERSCHEINUNGEN, KOSTENLOSEN BÜCHERN, SONDERPREISEN UND ANDEREN ZUGABEN ZU ERFAHREN. SIE ERHALTEN EIN KOSTENLOSES BUCH FÜR IHRE ANMELDUNG!

kostenlosecowboyromantik.com

ÜBER DIE AUTORIN

Vanessa Vale ist eine USA Today Bestseller Autorin von über 40 Büchern. Dazu zählen sexy Liebesromane, einschließlich ihrer bekannten historischen Liebesserie Bridgewater, und heißen zeitgenössischen Romanzen, bei denen dreiste Bad Boys, die sich nicht nur verlieben, sondern Hals über Kopf für jemanden fallen, die Hauptrollen spielen. Wenn sie nicht schreibt, genießt Vanessa den Wahnsinn zwei Jungs großzuziehen, findet heraus wie viele Mahlzeiten man mit einem Schnellkochtopf zubereiten kann und unterrichtet einen ziemlich guten Karatekurs. Auch wenn sie nicht so bewandert in Social Media ist wie ihre Kinder, so liebt sie es dennoch, mit ihren Lesern zu interagieren.

BookBub

Instagram

www.vanessavaleauthor.com

HOLE DIR JETZT DEUTSCHE BÜCHER VON VANESSA VALE!

Du kannst sie bei folgenden Händlern kaufen:

Amazon.de
Apple
Weltbild
Thalia
Bücher
eBook.de
Hugendubel
Mayersche